「寫作是我的預言與咒詛。明白就好，承受它。」——黃碧雲

告別
等於死去一點點

王天寬

目次

七

閉上眼，他看見的第一個畫面是：假日大學校園裡，三月快要結束了，昨天炎熱，今天就變涼，但那些本不屬於這所大學裡的人還是都來了。他買了一碗關東煮，找不到任何木頭空位，站著吃，看市府提供的腳踏車橘黃色變成初春的主要顏色。一對姊妹猜拳，贏的坐前面，踩著踏板讓懸空的後輪轉動，她們的年輕父母站在一旁，騎腳踏車移動她們還太年輕。他喝完湯，走到三公尺外垃圾桶做垃圾分類，再走回來，雙胞胎姊妹和父母動身離去，父親騎車，其中一個坐在後輪擋泥板上，她猜拳沒輸過。天氣又變冷，他眼前出現兩臺橘黃色腳踏車，但只剩一個父親，兩個更小的女孩，兩臺腳踏車都被立起。父親前後走動輪流踩腳踏車踏板，兩個小女孩看著輪圈裡的鋼絲消失，然後又變銀，然後又消失。他也看著他也失神了，他伸手指著最小的那個女孩，那個女孩在父親去踩另一臺腳踏車的同時將左手食指伸進後輪那片鋁裡。

他顫抖著先是用力閉眼，然後又睜開，輕撫眼前的黑頭髮。女孩仰頭，張嘴讓他看嘴裡的精液，才吞下去。他們左手緊握。他不記得那個畫面是她後來告訴他的還是他後來杜撰的；他們第一次見面他就看到了那根讓人想拿熨斗燙直的食指。其實他先是注意到左手食指，然後才是臉以及其他，比如話，比如慌亂藏進大衣口袋的左手。對這個意外的袒露他很高興，就像她對他初次見面就告白，那麼他就以一見鍾情回應她。事後再補足情節，於是閉上眼，他就看到那第一個畫面。他說：從你開始。其實是從手指頭開始，他才點石成金有了生命。他叫她「離子燙」。她只是叫他的名字，連名帶姓。

現在很少人拍照會擺那個手勢，實在太老派：將食指和大姆指形成的七放倒擺在臉的下方，虎口和下巴鑲嵌，微笑看鏡頭。他們自拍時離子燙最喜歡擔任相手，不怕臉被拍得比男友大，這樣她的左手可以永遠在鏡頭以外。但他說服她那個老派的手勢為她新生，她的左手食指與臉的弧度一致，她的臉是完美的，那麼她的手指也是完美的。其實他心裡總是倒過來想，但他不說出口，只是從離子燙手裡拿走相機，伸直右手臂準備對焦。他們堅持不買自拍棒。後來他進一步說服她幫他口交的時候口手並用——而不是將雙手背在背後——一來這樣更舒服，二來他由衷喜歡她左手食指和其他指頭一起握住並套弄他陰莖的時候。他無法要求她總是用左手，但她手會痠，會自然地換手；她總是等他舒服地閉上眼；而他總是等那一刻，右手換到左手——他不必看也能感覺到——像他們初次見面不經意地伸出左手，將自己最重要的部分交出去。

拔管

道別等於死去一點點。

——《漫長的告別》

1

那是我第一次看見屍體。八、九歲的一個下午。但我忘記的不僅是屍體的樣子，也忘記看見的感覺；我記得屍體屬於誰——阿嬤的養母，阿嬤出生便被送去一個遠親家做童養媳，但長大後沒有成為那家人的媳婦——這是那個遙遠的下午唯一與屍體、與死亡直接相關的記憶。對我來說，看屍體的那個下午意味的是那場車外的雨，與屍體本身幾乎無關。

二十幾年過去，我忘了要怎麼稱呼她，但我相信父親在車上曾經告訴我。我常常想起那個下午，父親開車我坐副駕駛座，然後是那場窗外的暴雨。後來每當雨勢大得雨刷毫不起作用，我就會想起那個下午。我想著擋風玻璃上，雨刷徒勞地搬動每一顆水滴，比薛西弗斯還無望。但我當時還小，我想我看的不是窗外，而是身旁父親拱起的背伸長的脖子，我想他一定看見了什麼我沒看見的東西，才能那麼專注和堅定，好像扛著一顆巨石。

如果我現在走出房間問他，他一定能告訴我所有的事——像小時候一樣——包括被遺忘的稱謂，包括那個季節。如果不是颱風天，要怎麼解釋那場雨；現在我形容那場雨的筆調不知道為什麼特別安靜，像打了敗仗。但我記得聲音，我記得雨水打在車上的聲音除此無他，像不可能有其他聲音了。我不記得因死亡而有的哭聲，像從來沒有聽過，那個下午只剩下雨聲。雨聲被包起來，被鋼鐵包在外面。我甚至忘了下車以後有沒有被雨淋濕，但我沒打算去問。

2

通常我們不會說去看一具「屍體」，那是刑警或法醫的語言；也不會用解剖學的術語「大體」。那天下午我去瞻仰一位長輩的遺體，我在出發前已經知道她死了，更委婉的說法：她往生了。所以我相信我曾經站在她旁邊，聞到她的氣味，或許還碰觸了她。這一切如果我記得，將像所有第一次的經驗一樣，被長期視為普遍性的經驗——死亡是這個樣子。不知道幸或不幸我只是相信自己曾經站在那裡，沒有更可靠的記憶。

二十幾年後，我手裡抓著上網抄下來的地址，一個人騎車到一家沒去過的醫院。所有的長輩聚集在加護病房外的大廳，我一一打招呼後走進去，進入電影常有的場景：阿祖躺在病床上，全身插滿了管子。或許是我誇張了，可能只有一條或兩條管子，一條伸進嘴巴、一條插在鼻孔裡，像電影那樣。我承認我不敢細看這個如此熟悉但事實上沒有親身經歷過的景象，我側著身體，感受臨近卻又模糊的痛苦，一半是阿祖的痛苦，一半是我想像阿祖的痛苦而生成的痛苦。

我想我在裡面待得比實際更久，因為我沒做什麼有用的事，沒握住她的手沒在她耳邊說話，甚至沒有好好看她一眼，只是站在病床旁邊繼續回想電影裡的角色怎麼對待他們將死的親人，他們的親人命運已定，而我走出加護病房，加入長輩們對奇蹟的等待之中。父親後來告訴我他如何握住阿祖的手如何在她耳邊說話，但他其實在對我懺悔——「我讓她失望了。」他說——阿祖總是說：「我若食袂落，恁就乎我走。毋通強甲我留。」

他一個人在加護病房，用他的手和聲音苦苦留住不再吃飯的阿祖；一個小時過後我會從加護病房出來，加入父親對奇蹟的等待之中。對痛苦的招喚。幾年之後，當我開始相信生命本身就是一種暴力，當我一次次抬頭望向高樓想像墜落，有幾次我會想起那天晚上我沒有伸出手沒有說出口地在內心強行留住將死之人——其實留住的只是痛苦，而非那個已經活了一百〇三歲的阿祖。

現在想不起來當時為何對生命固執，我的記憶再次隨著生命經驗的增加而消滅，只能想像自己曾經站在那裡，生那些逐漸對是否拔管改變態度的親人的氣。或許我總相信沒有浴室裡的意外，阿祖可以繼續爬山一直爬山，就像一百歲不是她的晚年。她只是老卻從沒想過終點。是我從沒想過。或許人之常情就是如此：我希望身邊的人永遠活著，即使自己活得那麼不快。

3

慈禧太后也睡席夢思。席夢思這個著名的床墊品牌總讓我想到同樣著名但漸漸自歷史隱退的老女人。七十四歲，對那個時代而言已是很老很老；一旦我們考慮歷史課本那些與她有關的內容，一個國家的遲暮之年像席夢思一般襯托她斜倚的身軀，她看起來必須比七十四歲本身更古老，屬於更疲倦的背景。的確需要席夢思這樣老字號的產品。當然許多別的名人睡過席夢思，但不知為何我只記得慈禧太后。反過來說也成立：席夢思總會讓我想到慈禧太后。

我記得那天在醫院大廳，姑姑以席夢思前員工的身分打電話到公司——此時姊姊以護士和家屬雙重身分進入加護病房和醫生討論拔管一事——我照例想起了慈禧太后。但打電話的目的卻忘了。我猜想——我照例遺忘——是為了訂床墊，讓阿祖在最後可以最舒服地平躺。有件事我記得，經過了內心的爭執和拉扯，每個人都同意放棄強心針和電擊。只剩下一個堅持：不要死在醫院裡。

我想姑姑打電話的同時，姊姊正在跟醫生討論這些事：一旦爺爺——她的長子——簽了名，就要租一輛救護車請一個特別護士和阿祖以及她的子孫們返回那個有祠堂的大房子裡。護士的主要工作不在照顧病人，而是拔管。她會收到一個大紅包和大夜班的薪水。姊姊也做過特別護士，替別人拔管，但自己的阿祖她做不到。我想裡面在處理阿祖的最後一段路程，而外面正替她買下安息之所。

但父親說不是那麼回事。席夢思的床墊之前就買下了，他說。我走出房間，他手指著月曆跟我講解。用今年的月曆講三年前的事，指著一些象徵性的日期。他選了一個日子，二月七號，假設這天阿祖在浴室跌倒。她被送到醫院檢查，同時她的晚輩們在計畫買一張舒服一點的床墊讓她養傷。姑姑用前員工的身分打了電話要了折扣現金付款，接下來便是等待阿祖從醫院返家，席夢思床墊被卡車運來。阿祖的確回家了，沒在醫院過夜，但隔天早上胃劇烈疼痛，緊急住院、開刀、手術成功、感染細菌、全身器官衰竭、全家人聚集在醫院等待奇蹟最後簽了名租救護車請特別護士——為一名素未謀面的人在她熟悉的地方拔管。

至於床墊的後續有兩種可能。其中一個比較簡單，床墊還來不及搬上卡車一切已經不可挽回，能夠做的只有退貨退款，當作沒這回事；但也有可能阿祖進手術室的時候床墊也到達了，只是再沒機會使用。不管怎樣最後錢拿回來了，父親很肯定這點。沒人睡過，合情合理。父親的手指從二月七號晃到十三號，在這之間移動，說著兩個可能；我知道這段假設的日子裡有真實的情形，阿祖被推出手術室後又過了幾天漸漸康復的日子，講話吃東西，直到急性多重器官衰竭。

4

那天我在公園椅上坐了八小時，旁邊是臺灣圖書館。女孩帶我來買黑糖拿鐵，排隊排了一個小時，但的確好喝。前一晚的宿醉沒醒又毅然加入臺灣人最喜歡的活動之一——排長長的隊伍——讓我們筋疲力盡，坐在公園椅上，再不想動。四點到十二點除了離開去吃碗蚵仔麵線以外沒做什麼比坐著更好的事。抽菸看遠方，偶爾交換幾句話。不知怎麼我提起了阿祖——三年前的事——或許是沉默太久隨意找到的話題，但更可能的是先有另一樁跟死亡有關的事。

一個大學教授對二十幾年前著名的自焚事件提出他的看法，他將自焚的內涵還原成簡單的自殺行為——自殺，既是逃避又是暴力。我對女孩說，他把生命的價值無限上綱了，我又說，所有人都是被迫來到世上，所以生命本身就是暴力的產物。我最後加上一句：自殺對某些人來說是反抗這種暴力的積極作為。她吐了一口煙愣愣地看著我——看得我全身冒汗——然後說你好像說過了。

對，因為前一晚喝酒的時候有人提起跟朋友約定互相幫對方拔管，不要讓所愛之人繼續受苦即使要承擔慈悲殺人的後果，因為阿祖就被我們苦苦留住，即使簽了名，還是將她從一個床抬到另一個床，抬到救護車上，抬到祠堂，那裡預備了最後一張床。

我流著汗一口氣講完這些，女孩的眼神比較有人情味了，所以我接下去講：阿祖的床旁邊擺了一張凳子，大家輪流坐在上面，和她說說話，有些人會握住她的手或摸摸她的頭髮，我忘記我有沒有說話，即使有也是在心裡說。等大家都跟阿祖告別完，就換特別護士坐上那張凳子，輕柔而專業地為這位老人拔去呼吸器。人很多而我站得很遠，但我相信護士的手法一定是溫柔的，母親說拔管的那刻阿祖像鬆了一口氣，感覺很舒服。還有一個長輩說看到了一道光接走了阿祖。是觀世音菩薩，她說。我們大家也鬆了一口氣。

但阿祖在醫院就已經死了、去世了，我跟女孩說。我跟她說的時候其實忘了為什麼我知道這事，我只是突然想起我知道一切都是做給家屬看的，包括那些管子、包括特別護士、包括爺爺的簽名，以及因為幫浦而起伏的胸部。所以連觀世音菩薩都被騙了，她說，不然怎麼會遲到。做為旁觀者她似乎不欣賞善意的謊言；但身為阿祖的至親，我想這個安排很溫柔。

5

仍舊無法解釋在醫院大廳的那通電話，為何姑姑要選擇在生死關頭處理床墊的事。我坐在書桌的椅子上，隔著房間門和父親繼續討論，進一步懷疑他的說法。如果只是退貨取款的事，未免不敬，但我確定在大廳裡聽見姑姑打給席夢思。我的解釋是：她那時候才跟席夢思訂床墊，為了讓阿祖能夠不僅在自己家，而且在最舒適的地方離開。

阿祖住在大房子的三樓，有一張雙人床和木頭搖椅，助行器擺在搖椅旁，我回想那個空間也回想當天長輩們的討論，我相信他們當時考慮把阿祖扛上三樓自己的房間。我不知道該怎麼將一個插滿管子的人從一樓扛上三樓，總之後來也沒有實現，阿祖被扛進一樓的祠堂裡。

會不會姑姑要求送貨工人將床墊搬到祠堂而不是說好的三樓，如果床墊將到未到；或者沒這麼剛好床墊已經放在三樓房間的床架上，那麼只有兩個做法，不是阿祖上去就是床墊下來。阿祖最後沒有上去，我們所有人在祠堂和她告別，可見床墊被搬下來，我跟房間外的父親說。

父親悲傷地回答：不知道由於習俗或者人們怕死人睡過的床，人在彌留之際往往被搬到一塊木板上。當然還是有人在自己的床上往生，但多數會躺在靈堂旁，兩張長椅合併上面擺木板，臨時的床。他說好像人在將死未死的中介地帶，已經被視為死人，不能躺從前的床。他悲傷。我知道他跟他的阿嬤——我的阿祖——感情很好，祠堂裡大家輕聲說話走來走去，不知道在忙什麼的時候，他一直待在阿祖旁邊握著她的手輕念佛號。我回想那個場景從遠處看父親的背影，然後看到那張床，的確比較像木板，單人床大小的木板。

那時候可能因為匆忙沒有顧慮到細節，他說，木板上只鋪著一張薄薄的被單，而當時天氣很冷。這跟我的席夢思故事幾乎相反，父親想到最後阿祖躺在硬的木板上受寒心裡就難過，雖然我們心裡都清楚，阿祖早就走了。姊姊和醫院裡的人待在加護病房那麼久，是為了討論如何製造一個假象。但即便是假象，姊姊還是不願意做那個拔管的人，即便拔管這件事只是一個魔術動作。

6

我走下車，外面下著雨，但不是二十幾年前的暴雨，我們沒有撐傘，經過巨大的鐵門經過中庭，魚貫走進祠堂。阿祖已經先一步到了，躺在兩張長椅一塊木板組合成的床上。我站在裡面有點不知所措，長輩們走來走去、輕聲說話，但其實無事可做，只是在等待時辰。一個小時後是十一點，傳統的算法就是新的一天，長輩們希望在那時候拔管。未來算日子，阿祖像是多活了一天。

父親在這一個小時裡，一動不動地坐在那張後來我也短暫坐過的凳子上，握著阿祖的手陪伴她。我遠遠地看祖孫倆，不知道他們在說什麼。我想他們在交換一些我當時還不明白的東西。特別護士靜靜坐在旁邊等待，此時來了一個穿整齊黑西裝有點年紀的高瘦男人，葬儀社的人，他靜靜站定。我看著在騷動人群裡不動的三個人，其中兩個與我無關。

我想起二十幾年前被暴雨包圍的車子，父親手握方向盤伸長脖子幾乎貼向擋風玻璃——他現在也是這個姿勢——並不是看到了什麼讓他這麼專注和堅定，而是他必須如此專注如此堅定才能看到一點點眼前的路。我第一次去看屍體——或遺體或大體隨你怎麼說——感受到的死亡卻不來自屍體，而是什麼也看不見什麼也聽不見，除了雨、雨聲，和父親拱起的背。

一個簡單的答案，努力讓身邊的人活著、不要死。這與對生命的看法無關，就像反射動作一樣，盡全力好好開車，避開一切世俗的危險。父親俯身貼近阿祖——他的阿嬤——的側臉，我不知道那時候父親心中的至親是生是死，他只是專注地發出一些聲音，或許給阿祖聽，或許給自己聽；更可能的是他沒多想一切話語要給誰聽，只是不斷說著說著，一個小時過去了。

父親起身，他已經做完了漫長的告別，把位子讓給其他人。我在內心和阿祖說了一些話，離開凳子走到人群後面，靜靜等待。最後特別護士坐上那張凳子，俯身向阿祖，做了一個動作，但她的頭遮住了我的視線，這時我聽見葬儀社的人用臺語說了一句話：「老阿嬤往生了，大家跪下來。」從八十幾歲的長子到一歲多的曾孫，一一跪下。不整齊的聲音像退潮海水。

裸命

1

這次一切從簡，甚至沒有那個魔術手勢。也不可能會有，兩個星期前便決定不插管不電擊，只在危急時刻用藥打針。沒有那個人為命定時刻，也沒有回不回家的問題，有的只是不變的對奇蹟的期望。病房外，阿姨正跟住院醫師說我們要打完所有的針。既然只用針，那就打完吧。

但為時已晚。

我走回病房，外面的人沒有跟我一起，他們仍在討論、說服，分成兩邊。病房內很安靜，沒有人說話，除了禱告聲。禱告是靠聲音製造安靜的意願。後來我知道有兩種禱告，除了佛號以外另一個孤寂篤定的聲音在外公耳邊。我不認為他需要在兩者之間選擇，正如他再不需要在死亡和裸命之間選擇。心電圖顯示心跳越來越慢，但他的表情或身體沒有變化，或許幾個小時以來都沒有變化。死亡是過程而非一個時刻，他持續同意。

所以病房外的人並沒有錯過什麼，他們只是暫時離開，試著稍稍違反已死之人的意願，去改變完成之物。我認為這種離席很動人。病房內外兩群人用不同的方式陪伴外公、佇立在選擇旁邊；而外公已起身，身後無人。我不知道何時阿姨和姊姊說完話，進來加入我們去面對那個時刻——生者才擁有的時刻。我很清楚她們暫時離開我們——而不是外公——並沒有關係。

我們仍然慶幸，或許鬆了一口氣，在心電圖靜止之前，所有人都到場了。我又想起那句法國詩句：「道別，等於死去一點點。」我們趕在時限將至聚在一起，陪伴彼此特定時刻所生成的小小死者，醫師看著儀器面板宣告——那將是——凌晨十二點整。

有人糾正：零點零分。

2

衣服送到了，但身分證沒有。外公的身體需要衣服，來變成更像一個生命、一個過去；我們需要將身分證交給院方，來書寫死亡證明，完成未來第一步。

他們開車回家，可能停留了一陣子，搭配出一套衣服，告知並安慰房內之人——我想她在房間內而不是客廳，我想她沒有睡著——接著匆匆離去。上車後才又接到電話。所以我們派另一個人，騎機車回去找身分證，我想他沒有對她多說什麼，只是簡單完成所託。男孫總是比較羞怯，不知如何應對甚至給出一個簡單的擁抱，雖然他是心胸開闊之人，機車和汽車都駕駛得很好。

他還在路上。

我幫忙穿了一隻襪子，那是外公走後我第一次觸碰他。兩個星期前病危通知下來，我在病房裡接替姊姊的位置，左手拿著氧氣罩——讓鼻子休息不被持續壓迫——右手握著外公的手。我以為會有不適感，像面對老人斑時想別開臉，但我看著他對他說一些沒事了之類的話，可能還唱了一首英文歌，歌詞比較像唱給情人聽的但這時又何妨。他的肌膚鬆弛但光滑，我用大拇指輕輕撫摸，有時候情人這樣溫柔對我並不特別舒服，但你不能打斷人之常情。我不知道外公真實的感受，但安妮告訴我外公嘴巴動著。

我想起他兒子說他嘴巴蠕動像在吃飯，更精確地說：外公以為他在吃飯。他超過一年沒有自己咀嚼食物了。舅舅說這對他很有好處，因為口水會混合隱形的飯一起嚥下，但太頻繁讓嘴唇破皮，多了別種痛苦。

安妮告訴我外公在回應我——我的手或我的歌——我微笑以對，沒有抬頭繼續側身坐在外公旁，繼續動作和繼續不動，不知道外公是在說話還是吃飯。姊姊從廁所出來，問我會不會累，我說不會。

3

安妮本來不叫安妮。她是外公患帕金森氏症以來第四個看護。我最熟悉第一個印尼籍的看護，我會叫她的名字，安妮再見。後來上了大學讀了研究所，更少回家，聽說安妮會偷錢，最後和男朋友一起消失。在臺灣某處變成非法勞工，為生活和愛情額外勞動，賺更少的錢。對第一個安妮，我只能寥寥幾句，刻板地想像。但第二個、第三個女孩，甚至沒了名字。方便起見，全都成了安妮。

我不再叫她們的名字。我說：再見。

她趴在另一個阿姨身上，頭靠著肩，哭得比女兒還多。這一個月是她天天守在病房，偶爾下樓吃飯，偶爾下樓洗澡。我們會買一些零食給她，我買了一包哆啦A夢雞蛋糕。父親輕碰她的肩，叫她的名字安慰她。我很確定不是安妮，但不確定是什麼。一個真名。勒瑰恩的奇幻小說《地海》裡的巫師通曉真名，才得以施加力量在人在物。他叫她的真名，才得以安慰。

所有的女孩，都來自印尼。我記得她們在雇主家休息的樣子——找一張沒人坐的椅子聽耳機裡的音樂——我記得她在醫院我們面前戴起耳機，用自己的語言和遠方通話，讓智慧型手機帶她離開臺灣，從病床撿起一隻洩了氣的乳膠外科手套，重新吹氣、打結，放在外公側躺而疊在一起的兩腳之間做為支撐。我記得這一切，不記得她的名字。

她哭完以後，進廁所端來一盆清水。藍色洗臉盆。兒子說安妮等會你擦一半，剩下一半讓我們來。女兒說全部我們自己擦吧。三個女兒一個兒子，人手一塊毛巾，浸到清水裡，拿起來扭乾。從手開始，然後解開上衣鈕扣，擦拭外公的上半身。還不能翻身，還沒處裡尿管尿袋。

那是最難的部分，人死後會繼續排泄。

4

他生前和死後，排泄的方式其實沒有差別，至少越來越沒有差別。從安妮到導尿管，中間是恆長的時間。

外公總是那個帕金森氏症的外公，我記憶中他總是僵硬、緩慢、沒有話，有時候，幾乎會聯想到心硬，不論內在如何變化，他越來越沒有辦法改變身體表象了。小時候，大人在電話旁的柱子上裝了一個小齒輪，將一條塑膠跳繩嵌進軸內，一個簡單的復建器材，兩手握著左右跳繩把手，一上一下拉動，手臂和器材互相帶動，但其中一個不斷老化生鏽的齒輪般頓挫下去。綠色的跳繩沒換過，一進門就看到它掛在那裡，有時候我會去拉一拉，不知道是跳繩在動還是手臂在動。長大後就不去拉了。

或許我隱約覺得這個行為內藏惡意，當我越拉越快，惡意就越順利運行。或許它在很久以前就被移除。助行器也被移除，用輪椅替換，大人們在一、二樓之間的扶手旁裝上軌道，將一把特別訂製的小椅子嵌進軌道內，完成一個不知簡單還是複雜的電梯。外公坐在椅子上，開始漫長的下樓旅程。

名字只是表象，身體只是表象，表象囚禁不了人，你可以乘著床，去到很遠的地方。但要你下床喝杯水卻很困難。將濾水瓶的水倒進馬克杯再倒進嘴裡。有的人連吞水都很困難，水在他口腔內像死水。表象就是空間的差異製造者，你用指頭關節做了一連串無意義的動作，這對空間很有意義。但有些人只能躺著，有些人要靠人扶才能站，他們對身處的空間失去主動改變的能力。

裸命就是我在空間中占一個位置。

你可以叫任何名字，做一樣的事——所有安妮都在照顧外公。那個讓我們學會CPR技巧的假人也叫安妮，我們每個人都試著讓她胸腔充滿氣體。醫學院的安妮更高級，利用電腦設定，可以讓她生三十幾種病。安妮不再只會窒息或照顧外公。

我開始懷疑這真是安妮的本名嗎？第一個印尼來的女孩，她的男朋友怎麼叫她？《地海》裡的世界，即便是夫妻也有可能終生不知道對方的真名，對奇幻小說而言，世界觀的設定永遠是一個隱喻。

對安妮們或所有外籍看護甚至外籍新娘，名字是否重要到需要對愛人隱藏，或者正好相反，她換了一個需要她的人——從外公到男朋友——她便換一個名字。一個真名。名字這個表象，會注滿內涵，最終消除掉自身差異，永恆的勞動從勞動中獲得真名。不是被巫師而是雇主給予。

裸命就是名字成為存在。

5

姨丈從紙袋裡掏出一件白色純棉汗衫，這家人對百分之百棉有所堅持。圓型領口沒有成為荷葉邊或波浪，可能挑了一件特別新的或洗衣服前都記得放進洗衣袋。要不要先穿內衣？不要，母親回答，往生者動得越少對他越好，直接穿襯衫就好。母親是大女兒，篤信佛教，所以她帶頭也哭得最少。探完病回家後才哭。外公走後，幾乎不見她掉淚。這樣對他比較好，她說。

那皮鞋呢？也不要。但皮鞋裡面塞著襪子。那穿襪子吧，不要皮鞋，皮鞋太硬。我幫忙穿了左腳的襪子，因為我站在病床邊沒有事做，姨丈正抬起外公的右腳，於是我拿起另一隻襪子，抬起左腳，腳很重，因為我全身都在提醒我那是隻有血有肉的腳，要小心對待。我將中筒西裝襪慢慢拉至小腿肚，路程漫長。

結束後我們像探望病人也像檢查物品，俯視我們習慣的外公。有人趨前，將他放在腹部上的右手抬起放回床上。

不要壓迫肚子，他說。

6

事情一件一件完成，主要是時間讓它們完成。

其間我離開病房幾次，走向走廊稍遠處，每一次她都會來到我身邊，將手輕放在我的背上，沒有什麼話。有時候我會想移開她的手。我不是那個最需要被安慰的人，偏偏她只能安慰我，所以我不能移開她的手。幾年前還沒有她，我一個人在醫院和其他人一起。而現在她讓我變得更需要被安慰。

三或四年前阿祖過世，從生前繁複地救治到死後繁複儀式——一者折磨病人一者用筋疲力盡的厭煩撫慰我們——後來我都看得更清楚，包括那個魔術手勢。阿祖被抬上救護車送回家中祠堂，十一點整，特別護士俯身做了一個我看不清楚的動作。我站太遠，前面人很多，我知道她在拔管，但我不知道管子和阿祖最後的那口氣，都是魔術道具，讓我們相信在特定的時刻和地點，生者和死者、長輩和晚輩最後一次互享分離。

這次一切從簡，做最多的事是等待。我們等待衣服，替外公換衣服的同時，等待身分證，接著等待殯儀館的人。在殯儀館的祝禱室，我們和外公一起等待天亮第一場小型法會、招魂儀式。然後外公進入冰櫃，我們回家。

當然，在這一切之前，我們聚在一起——至少大部分的人——視線在心電圖和外公之間移動，看著心跳無可阻擋地越跳越慢，臉沒有變化，集體等待分離的那一刻。其實我們早就在做一場漫長的道別，我們會越來越清楚，真正等待的是道別本身的結束。

這次沒有魔術手勢將一個時空偷渡到另一個時空，用象徵手法改變死者的命運。這次是一位被留在家裡的生者，我的外婆，外公最親愛的人，她選擇在另一個地點——一個他曾自由改變或不變的空間——去做她的道別。而或許她比我更清楚的是，這一個月每當她離開醫院看著外公所做的道別，每一次都是同樣的道別。

七

安東尼從房間走到房間，像一句耐磨的謊言。

——〈安東尼拯救下雨天〉

孫梓評這句詩很精準，但若要問我到底有幾個房間，我會毫不遲疑地回答：七個。七個房間，可以完成一個永不被穿透的真相——完美的謊言就是無法詮釋的真相。像舞踏試圖對舞蹈本身做的那樣。他一邊想著那七個房間排列的方式，一邊從小公園走到大公園。從小到大，他和他認識的人都這樣稱呼那兩個家附近的公園。現在小公園有人在教精障女兒羽毛球；大公園溜冰場則是跳土風舞的媽媽們。兩個公園有類似的陽光，他走到大公園邊緣，看陽光依然在前面，像假日有過的許諾。他想：每當她走來，世界就變黑暗。

但他是來這裡找她的，從小找到大，到陽光自願走入傍晚。在一起的前五天開始，他們沒有一天不相見，吵了假，她會在他家附近走動，他會穿著睡衣下樓找她。但這次他沒有找到，或者她沒被找到。他不知道。她沒出現，世界也會變黑。他如實承認這點，不去背叛身邊的光影變化。他從大公園走回小公園，再走回家，回返地承認她也用自己的方式帶來過刺眼的光。

離子燙這個名字不僅跟她的手有關——她擁有一隻讓人想拿熨斗燙直的手指——也和她的頭髮有關，更是她的手和她的頭髮之間的事。後來我才知道筆電鍵盤上那些碎裂的頭髮的由來，也才知道焦躁的具體成果。她將手指伸進頭髮裡，往下梳，但不是把它梳順，而是讓手指被頓挫。有一本西部小說這樣描述它的神槍手：左手拔右邊的槍，右手拔左邊的槍，他跟人決鬥時便呈現這個雙臂交叉的姿勢，像囚犯，直到拔槍雙臂向外向上飛舞，讓子彈曲線射出。我會說鵬——神槍手叫這個名字——的預備姿勢，更像穿束縛衣的精神病患。離子澋也總是反手去梳另一邊的頭髮。

他總是能甚至有點樂於承受抽象的苦痛，他總是被有殘缺氣息的女孩吸引。但一旦這個苦痛本身有具體——不一定清晰——的歷史，他便一下子被這個呈現物挫敗。他無法背負他者的歷史，很可能是因為這個歷史與他無關，而不具體的苦痛卻像是被預先理解——「人人都有過去」這樣的陳腔濫調——像通往彼此內心的途徑，越抽象看起來越像正確道路。曲折的手指：他不喜歡隱喻，但那隻左手指白描地具象化他經不起細究的對苦痛的單向度偏好。

他沒有發現她也在溜冰場銀色圍欄外，和媽媽們一起，監視著那些不是自己的孩子。

場景

那對於我或世界來說，似乎一點也不重要。這是我早睡早起、不菸不酒第三天。九點前睡六點前起床，是早睡早起。不菸不酒，如字面意思，沒有折扣。拉完筋吃掉第一份早餐，穿勉強可以保護腳踝的襪子，去公園走路。

先從走路開始吧別急著跑起來。公園不大不小，不會讓你一直轉彎轉到頭都暈了，也不會沒完沒了。正適合思考。念頭比步伐快，我知道我終將再抽菸喝酒終將再熬夜，一旦順應了命運，我就任由自己掉落。這不是什麼悲觀的念頭，只是明白了自己的能耐：隨時可以變好，偶爾還能持久；說到永遠，是一個笑話。

記得那個有一百道牆的精神病院嗎？甲和乙試圖逃跑，撐過了三十道牆、撐過了六十道牆，到了第九十道牆終於撐不下去，便又翻了九十道牆回牢房。一個好笑話。我看到熟悉背影，右前方一個穿白色汗衫的老人，然後我經過的另一個背影——樓下雜貨店老婆婆——證明我的猜測。她穿有印花的布料。我從小認識他們，和他們的孫女玩，但不記得他們老夫妻間有多少互動和話語。雜貨店關門好多年，偶爾巷子遇見打聲招呼，現在他們一前一後走著，我假裝沒有看到。我的意思是我為自己負責，時好時壞，符合自然律，不會要了自己的命——與吸毒者和罪犯不同——雖然時不時損壞一點，但也時不時有相較之下的好。

所有事情都是比較而來的，了解這點對於我或世界來說，似乎一點也不重要，過去和未來紛紛讓開，像所愛之人在我面前而我讓開。有一個戴墨鏡的中年男人看向我，他坐在圍繞公園的石牆上，我一接近他就轉頭，墨鏡很黑。我又走了一圈，他又轉頭，看向我，好像我百看不膩。其實他什麼都沒看，他的頭永遠轉向聲音來的方向，我不知道他有沒有聽出同一個腳步聲，第三次我記住了他的衣服：紅色馬球衫。有太多事要學習，每圈只能學一點。但我還注意到一些別的事情，公園和住宅中間的巷子有幾個警察在工作，他們將機車格的機車搬開，往兩邊拖移，有些有穿制服有些沒有，但都是同一夥，有一個人負責照相。

還有聲音，從我來公園就沒停過的施工噪音，我突然清楚意識到。看向聲音處，是一輛挖土機，反覆挖著同一堆土。公園另一邊是學校，平靜無人的馬路。另一邊，則聚集了更多的警察和照相機，照下停在紅線上的車牌，兩輛拖吊車，不知道何時何處來，一視同仁，將所有車輛全部拖走。有一個警察走到一棟大樓門口——它是這住宅區最新最高也最貴的公寓——好像在查看門牌。

我腳步沒有停下，看著公園兩邊截然不同的景象，突然決定跑了起來。但我背著背包，它在我背後跳動著，書和錢包和鑰匙撞來撞去，我跑了半圈就放棄改回走路，這時，我看到有長長怪手的挖土機開進了巷子，巷子已被清空。怪手高高舉起，像托著一個人，地面是眾多全副武裝的警察。怪手越來越接近那最新最高也最貴的樓，我邊走邊仰望，突然我看到窗戶閃了一下，戴墨鏡的中年男人用力拉住我，此時一聲槍響。

我看到我的鄰居老夫妻緊緊相擁，婆婆的碎花印到因汗而半透明的白衫上。我想起你經過我，而我想要拉住你。或許只是我的想像。

透明蟑螂

1

「你看那裡，有一隻透明的蟑螂。」

我對你說話的同時，一名陸客大腳跨過，不，大腳踩在上面，然後轉了個方向，和大夥一起朝饒河街進擊。遊覽車內部被清空。

我小跑步到那裡，地上看不見壓扁爆裂的身軀。再看久一點，一攤小小的水漬浮現。不規則、沒有軀幹，和兩小時前死在這片紅磚地上的雨水沒有兩樣。像心理作用一樣。

和所有真正的恐懼一樣，對蟑螂的恐懼比自身要古老，難以追本溯源。那是我而不是所有人。一個朋友告訴我他本來不怕蟑螂，一天晚上，把日光燈換成小夜燈，棉被一掀一隻碩大的蟑螂朝他的臉直直飛翔逼近，他脖子本能地扭了一個角度。隔天醒來，脖子扭傷只是病徵，真正的創傷後症候群是在心裡，或者更深，在心底。他從此加入我這個群體。

我現在談的都還是一般的蟑螂。一般的蟑螂會讓人腳步一陣錯亂——像在虛空中跳舞——也會讓人明白一些道理。另一個深夜，這次是我坐在餐桌旁，吃蔬菜餅乾。我一邊抬頭餅乾屑一邊掉落，前方沒有人，兩年了都沒有人再和我一起吃餅乾掉餅乾屑，將餅乾屑掃進左手手掌倒進嘴裡。這種不飽足感現在變成現實。現實是她永遠離開了。

我坐在那裡，明白所有事情：她就是我要的所有，但這是不可能性本身。所以我決定自殺。用菜刀割腕。我平靜地想了一下菜刀擺放的位置，在心中選擇其中一把，起身，走向廚房，開燈。那隻蟑螂像一個抽象的裝飾物從牆上浮凸出來。抽象是因為眼睛有淚。但古老的恐懼就像小羅斯福說的，是恐懼本身，我們唯一不會錯認之物。我認出了它。

我轉身，沒有關燈，不驚動自己，去敲室友的房門。我知道他在打LOL，但門外有更需要援助之人。我坐下，無意識地將餅乾屑掃進左手手掌裡，不去想廚房裡的滅蟑行動。我坐在那裡，然後明白所有事情。這種明白不是卡繆式的。卡繆說一旦我們明白、確定了生命的意義，就會去自殺。我吃餅乾的時候，無疑確定了生命的意義。但現在我左手停在半空中，捧著餅乾屑，抬頭，看見明天的自己，依然坐在那裡。

依然存在，否則我何需在意那隻蟑螂明天的存在。

一般的蟑螂讓我明白一般的道理，我不會自殺。至少不在確定生命意義的那天。生命的意義是什麼？我一邊將餅乾屑倒進嘴裡，一邊想這個問題，好像曾經知道答案，但現實又抽象了起來。或者說：現實，擁有一種透明感。

2

透明人不是透明的。翻譯成隱形人比較恰當。這樣我們可以去問那個老掉牙的問題：「如果你能夠隱形，你會去做什麼？」

透明是另一個完全不同的概念。透明可以被看到，同時允許光穿透。簡單說：我們可以看到它後面的東西。像我一邊打字，一邊可以看到螢幕下方顯現的桌面圖——美麗仿生人女子的手指和羊毛大衣——這是微軟某一天想到的新招：把視窗變成半透明的。

半透明，只允許光散射穿透，簡單說，它會扭曲背後之物。手指和羊毛大衣都被模糊化了。那什麼是不透明的呢？你舉起手，肉身是不透明的。你脫下羊毛大衣，羊和大衣都是不透明的。但X光卻可以穿透肉身，看到裡面的骨頭。骨頭對X光而言，才是不透明的。於是透明與否，變成對各種光的允許或拒絕。

「與其說，認知發現現實過於恐怖而無法加以思考，不如說，現實拒絕做為一個認知可能解決的問題。」這句話主客易位地重述了阿多諾對理性認知的侷限的說法。說肉身不透明是錯的。肉身拒絕讓可見光穿透，如此而已。當我說：「現實，擁有一種透明感」的時候，我相當於用牆上蟑螂的薄光穿透了現實，看到後面——明天——的我及其存在。

理性思維則引領我去自殺。

在透明和不透明之間，無須證明。

那隻蟑螂被粉紅色的夾腳拖打得身軀爆裂，掉到地上，比平常更扁。我利用牠而不帶一點同情。

3

我開始懷疑，那是不是真的一隻透明蟑螂。

我不懷疑我看到的是否雨水，我對雨水不會有那麼深刻、本能的恐懼。但我能對你這樣說嗎：「你看，有一隻透明的蟑螂。」我能用手指指給你看嗎？

我還來不及想明白這一切——蟑螂之於你、拒絕與否的關係——人已經跑到了那裡，基於另一種本能——可能不比恐懼深刻、有時氾濫但偶爾顯現出可貴的一面——對透明無瑕的同情之心。

我站在那裡等待。有那麼一剎那幾乎又要被誤導，相信透明的蟑螂死後會憑空消失，再也看不到。但地上雨水提醒我兩件事：它們是透明的、它們死了。於是我繼續等待。你站在遠處，問我怎麼了。如果我娓娓道來，從好幾年前那個夜晚開始講起，講我如何找到又忘記答案，如何坐在桌邊看見自己，到你出現在我的生命裡，你就算聽懂了，就算不忌妒，也會質疑我，何需等待。

「透明可以被看到。」你會引用我的話，加上兩個字：一直。你會質疑我後來的描述。我用「浮現」兩個字說明牠在我眼前漸漸顯形。你說的都對，但人的眼睛就是那麼奇怪，會被一剎那的誤導而誤導，看不見事物的表象。你站在那裡，沒有說別的話。像你一直以來那樣，不去追問、質疑。

你只是有點奇怪地站在同一場雨裡。是的這場雨並沒有下完，和兩小時前的雨先後死去，但我毫不費力就認出它們的先後關係。因為我站在傘下，新的雨被擋在圓弧外，除了那透明軀體越來越明顯，甚至立體了起來，其他水漬漸漸融進紅磚地裡，越來越淡。你的眼鏡有水珠滑落。

他鑽進傘下，朝我的方向吐一口煙，但隨即將一包萬寶路遞到我身前，食指熟練地推出一根菸。我搖搖頭，那根菸咻一下就變得跟其他菸一樣短了。飛狗巴士的司機下車來抽菸，跟我共撐一把傘。

於是我們——你、我和司機——形成一個狹長的三角形，你在銳角那端淋雨，各自等待不同的事情發生。而我相信，我會最快等到，直到可以伸手去指。那兩根鬍鬚像沿著我看不見的微小水溝分岔流去、各自被截斷；甲殼般的翅膀有了形狀，同時恢復硬度，雖然還能一眼望穿，牠死去之地的紅磚。四周散布一些不規則的水珠，我知道那不是水珠，牠的汁液牠的內臟，都是透明的。

我站著低下頭，像顯微鏡本身微微調整角度；看到的畫面，也像透過顯微鏡看載玻片夾著的微生物。只是牠比載玻片還要透明，還更厚實。這時我聽到一陣喉音，司機朝地上吐了一口口水——正好落在蟑螂的翅膀上——被一分為二，向兩旁漫延，掩埋住噴濺在外的內臟和汁液。菸頭隨後準確地落在同一個位置。燃燒的菸頭碰到水會發出細小的聲音和一絲向上飄的煙，就像司機預期或根本不預期的那樣——他仍然看著饒河街的方向——但我看到了另一個畫面。

牠動了一下。像證明自己是活物，雖然原因是更接近完全死亡。菸頭仍然燃燒著，司機注意到這個無法理解的現象：菸頭在水中燃燒著。不對，菸頭浮在水面上。他想不透的時間比不上他的皮鞋鞋尖往地上戳的速度。菸熄滅了。我則看到另一個畫面。

4

你的眼鏡起霧，我看不見你的眼睛。司機回到飛狗巴士，車窗起霧，我看不見內部。但我知道內部是空的。像一隻狗被掏空內臟。有些人取出內臟，吃狗肉；有些人取出內臟，為了吃內臟本身。沒有剖開來，怎麼知道裡面有什麼；真的有一顆心嗎？你們都是不透明的。但我知道其中一個裡面沒有了什麼。

陸客正在饒河街，尋找各種可以吃的肉。但他們找不到狗肉。她在臺南的家養了一隻黑土狗，名叫Kuro，黑的意思。那隻狗對誰都狂叫，讓脖子上的項圈和繩子綳到最緊。唯獨看見二舅，一聲不吭、匍匐前進。據說二舅吃過狗肉。

Kuro的眼睛，好像可以看透二舅，雖然狗肉早就消化完了。有人說是因為氣味。但我寧可相信狗的眼睛。雖然牠們色盲，看不到電視畫面——牠們會假裝在看——我寧可相信對Kuro而言，二舅擁有一種透明感。牠不懼怕看不透的人事物。

但我不想讓透明與否，變成一種隱喻。或者變成一個視角。這會讓透明蟑螂變回一般的蟑螂，讓我深信沒有辦法用手去指。我只想說明那些人都到哪裡去了，空肚子的人把飛狗巴士清空。我只想說明裡面沒有什麼。

沒有狗肉，我可以保證，饒河街吃不到狗肉。

一黑二黃三花四白，這是所謂老饕對狗肉所下的位階。Kuro位於金字塔頂端，匍匐前進。

Kuro只有兩種移動的方式，直到有一天牠很老很老，看見誰都蹣跚移動，終致看不見誰。她從美國回來休假，開車載著這隻老狗，從一家醫院到另一家醫院，尋找願意幫牠打長眠針的獸醫。

「我就這樣試圖說服那些獸醫讓牠死。」

透過視訊，我再看不透Kuro。也看不透她的心情。

吃下足夠多的肉，他們不透明的肉體會重新塞滿這臺飛狗巴士。攤開一本健康教育課本，你和他們任何一個沒有任何不同。但你吃素，站在雨中，我突然好奇，你體內真的有那些骨骼臟器和血管嗎？還是只有蔬菜水果。

你站在雨中，一動不動，晦澀難解。

蟑螂移動的方式，才是我認出並恐懼的源頭，而非牠的軀體本身。我就是這樣，認出了一隻透明蟑螂。在牠移動和停頓的節奏變換間，認出牠，脫口而出。一名陸客終結了這個移動，也讓我懷疑起自己的內心。

沒錯，是內心，不是眼睛；是從恐懼到同情的變化。

當菸頭插入牠綻開的身軀裡，牠動的那下，引起的卻是雙重反應：認出並同情。像恐怖的現實變得透明或至少半透明。但我仍舊無法指給你看。因為不存在透明本身，只存在允許或拒絕。

5

這就是我面對的雙重困境：討論「透明」而透明本身卻總是一再成為一串隱喻。同時對蟑螂的討論——尤其是一隻引人同情的透明蟑螂——總會牽扯出一個俗濫但值得的辯證：狗的生命位階總在蟑螂之上。

我們總是願意踩死一隻蟑螂。

飛狗巴士的狗的聯想也由此而來。

然後一隊陸客從饒河街那個方向朝我而來，我還在想我已經站在這裡這麼久了嗎，他們已經走到我前方，沒有繞路，直直而來。我本能地給他們讓路，往左跨一大步。新的雨立刻下在我離開的地方。我知道，一旦我將雨傘移開，那具透明碎裂的身軀就會完全融進雨水裡，像我們將自身融進恐怖但透明半透明的現實裡。再也看不見，無法區別。

但我們就是這麼客套禮貌，總是為別人讓路。

我看著他們走向飛狗巴士，他們好幾個人的鞋子正好踩在那個位置上——我無能保護的位置——然後濺起水花，噴在我的褲管上。我聽到一些模糊的道歉聲，捲舌音。我抬頭，那些不透明的人依序上車。

他們移動。

這就是我看到的，無法命名，無法用手正確指出。也無法區別問題和答案，因為沒有不透明的意義。但我看到了一些東西。我認出你。

你一動不動，站在雨中。舊的雨水在你身邊，在地上漸漸變淡，新的雨水打在傘上。是我穿透現實，完成了移動。

七

他看著她的左邊側臉，顴骨下方有一些擠青春痘留下的疤，他不必翻轉她的臉也知道，另一邊沒有這些細小的坑洞。有一次，他在做愛的時候試著用雙手感覺她左右臉頰的差異，等速地由上往下移動，閉起眼睛：非常緩慢，非常專注。直到指間摸到下顎，他無法分辨差異，甚至左右都混淆不清，但卻延緩了射精。比背九九乘法表還好用。後來，當他這樣做，他的專注透過指間傳遞成深情的愛撫，每次都能讓她雙頰潮紅。雖然他看不見。如果他睜開眼睛，他會發現坑洞填滿紅光，紅光讓痘疤不見了。如果他不信，可以用手摸一摸。

現在他既不去摸，也不閉上眼睛，只是一直看著那些聚集起來的微小疤痕，夠專注就可以成為特寫鏡頭，而不去看她的左邊側臉，不去看她頭髮，不去看她的脖子——那裡有一圈血痕——不去看她的肩膀和她整個身體的所在地。不要去看那個地方。那裡有粉筆的痕跡和立在地上的號碼牌：從一到七，號碼牌七立在左手掌旁，顯示一個缺席。有突然的亮光和光延伸過去隱約的人影。不要去聽他們說的話。他們說的都是鬼話。其中一個在講電話——很抱歉的聲音，要你的名字，請你來認屍。

於是他站在冰冷的房間，她平躺在一張不像床的東西上——他一時想不起這種常在美劇裡看到的放屍體的鐵架叫什麼——露出一邊的胸部，因為綠色的布被掀得下面了一點。如果他還想觸碰她哪裡，那就是胸部；但他不想捏或揉，只想將手掌平平地壓在上面。但他什麼都沒做，只是點點頭，他預想這樣隨行的鑑識人員就會一臉哀悽地重新將綠布蓋好，帶他走出房間，像電影一樣。除了一些既定表情，沒有話。但警察開口問他：你確定嗎？要不要到我這邊，換個角度看？他愣住了，離開那些痘疤，抬頭看他對面的男人，非常緩慢地搖頭，樣子像在看這個空間。

他剛剛在想像中不要去看的那個地方，不過是從無數電視劇——從CSI到Dexter——和電影裡擷取出來的凶案現場籠統印象。除了數字七，沒有任何一個親自放置的細節。那通不祥來電，可能根本不是現場打的；他看著面前的男人，突然很想拿出手機查看來電顯示，或許正是來自這棟樓的市內電話。但他手沒有任何動作，只有頭很緩慢地搖著。於是布被蓋上，人被帶離房間。如果我們只擷取這段畫面——搖搖頭，蓋上綠布，離開房間——放進電視或電影裡，電視機前面的觀眾都會鬆了一口氣。

我一直以來都是電視機前面的觀眾，他媽的。為什麼現在在這裡，點頭又搖頭，死者都一樣。她的身體大量失血外沒有缺損，警方告訴他。除了左手食指，他不用看就知道它被切下來了。他不明白為何警方這樣告訴他。難道因為這隻手指的嚴重殘疾，在病歷裡已成了不存在的部位，他不知道。他只知道，即便這隻手指單獨地出現在鐵架上，掀起小小的綠布，他都會點點頭，認出它來。從她身上擷取的這一小部分，對他來說，就是整體。

兩座神龕

我時常想起關於你的一件事。你高三，臨近聯考，戀情也不順遂，我忘記哪個才是主要原因，或許不該任意做出判斷，但你會爬樓梯上頂樓，獨棟樓中樓的房子，頂樓面積只夠擺放兩個舊書櫃，和小型神龕，大部分時間只有長明燈亮著。那裡供奉祖先，和你父親的牌位。

後來我跟人交談，總能在某一刻認出單親家庭長大的孩子。有些是父母離異，有些更傷心。同樣的是，這些跟我差不多年紀的孩子，聊到彼此家庭都不會主動提及這件事。但在話語之間，總會感覺到，像特別感到我們是不同家庭長大的孩子。但你告訴我，你並不傷心，更多的是憤怒。

也不羨慕，你平靜地擊碎我們對於從小沒有爸爸陪伴的小孩的想像。電影和課文總是教我們對完整渴求，特寫那種眼神。但你從小有媽媽，想像不到另一個人的作用是什麼。

但你氣他沒有好好照顧自己，一場急病就走了。你要我戒菸的時候，這樣警告我，說你會討厭我。你討厭不好好照顧自己的人和自殺的人，你矛盾地生一個在你心中並不重要的角色的氣，不斷用他威脅最親近的人：最好戒菸，不要自殺。你父親跟這些欲加之罪都無關。

你不要講道理。但你高三那年，心情灰暗的時候，你想到要去頂樓找他講話。深夜，你搬了張椅子，坐在神龕旁。

那裡我只上去過一次，去參觀你父親的藏書。你讓我帶幾本回家。後來我把很多你的東西寄回臺南，把很多想給你的東西寄到美國，但留下了《意志與表象的世界》，以及惠特曼的《草葉集》。裡面夾了一片真正的葉子，非常美麗，不知是你父親摘的還是隨書附送。它的葉子強壯，但紙張幾近脆化，我偶爾輕輕翻開，去讀那些紅色和藍色原子筆寫成的筆記。

你父親和我父親一樣，是純粹的人文主義者，相信從勞動之中可以獲得寫作的材料和寫作的必要。而我，你比任何人都清楚——雖然我們分開多年——寫作就是我的勞動。

今晚我在陽臺抽菸——現在你對自殺也有了不同見解——透過紗窗看著祖傳神龕。臺北的小公寓裡，它堪稱宏偉的存在，一整面牆直抵天花板的彩繪神像，還有供桌上的木雕神像，是相同神明的兩種形象。長明燈因為旁邊日光燈的關係，顯得意義不明。

我不知道那晚和接下來的數個夜晚你爬上頂樓，坐在神龕旁，說了些什麼有沒有真的說出口，或只是心裡默念像祈禱。但我時常想起你，在某個特定的時刻——我不認識——決定動身前往一個具體的地點，去找一位抽象的人物進行一場無人知曉的對話。長明燈保證了某種共同命運。或許你的父親從此後漸漸生長出意義，我不知道，我只是透過紗窗看你，坐在那裡。

兩封信

親愛的狄克先生[1]：

昨天滑臉書看到莎朗史東為雜誌拍的裸照。一絲不掛，年已五十六。她說：「性感是活在當下。」這也是標題，加上年齡和預覽圖，讓我決定點進去。今天泡咖啡，摺濾紙的時候想到這句話，也想到你了。

你離開很多年——離開你的朋友愛人而不是我，兩年後才有我——如果有冷凍櫃保存你的中陰身，你的意識應已散去。每當你的愛人你的朋友，或者，你的書迷戴起耳機和你說話，就是把你往死裡拖——你的原話——但同時也讓你或者所有處於中陰身狀態的人得以短暫復甦。醒來，再對我們說幾個謊。娥蘇拉說作家的職責是講謊話。

後來我才知道，你們曾是高中同學。

如果由我決定何時前去亡靈館叫醒你，我會每十年做一次。一九九二年，那會是你死後第一次醒來，也是你許多長篇小說的當下年份。這樣你就會知道世界有沒有趕上你的書寫。很可惜，我們還無法殖民月球或火星，三十三年後我們都無法創造出有自己美學和品味的複製人，我們做著和你當時一樣雜亂無章的夢。我吃安眠藥和抗焦慮的藥才能入睡。

當你醒來，很可能會失望，但我會告訴你另一個不同於你書但走得同樣快的世界。比如我們的公寓內沒有個人郵筒寄信收信，但我們甚至不用用手寫信了。比如我們有臉書。臉書上，人人都是作家，說好的謊或不好的謊。有些人把以上兩者都當成實話，因為他們滑得太快了。

我就是在臉書上看到久違的莎朗史東。

---

1 Philip K. Dick（1928-1982）。美國科幻小說家。

我們用手指頭，放在螢幕上，輕輕上下滑動，就能夠看到所有想知道和不想知道的事。這跟在街頭有相似之處。我想知道莎朗史東和你的年齡差，你有沒有可能看過她年輕性感的樣子，於是我拿出智慧型手機——一種隨身通訊器材——將手指放在螢幕上。當然她現在也很性感，她的話和她的照片都這樣說明；但我怎麼確定她沒有使用修圖軟體，這個軟體讓現代人擁有更美好的虛擬形象。有些人喜歡去揭穿，我寧可不要。

這選擇跟作家的職責是講謊話有關係嗎？「性感是活在當下」讓我一大早不負責任地接話：作家就是不要活在當下。我當下覺得是對過去的召喚。小我八歲的女友有一天躺在民宿床上對我說：你沒有活在當下。我知道她在說我被過去陰影糾纏。它們甚至我不願去寫出來。但後來我躺在床上，她總是說我性感。我性不性感寫不寫都被留在過去了。但科幻，是創造不存在之物，或對存在之物進行思想實驗。雙重的未來。我這陣子都在讀你的書，尤其是那些早期的作品。尤比克，意思是無所不在。這本書裡的所有東西都在倒轉、退化。

書裡曾暗示人也是，他們死得像死了很多年，但原來他們只是被吃掉了。我感到安慰。這個念頭只是在避免過去本身，不論是表象的或是內在的。或許我該吃藥了，你在一篇短篇小說的最後，列了一份清單，裡面是那些用藥過度的人，你說他們為了短暫的快樂付出過重的代價，你祈求他們得到快樂。你也在這份清單裡。

我想要坐在會客室，戴起耳機讀這封信給你聽，告訴你我們擁有的和我們沒有的，告訴你當下的一切，讓你判斷性不性感。告訴你我的過去，我試著說正確的謊。但問題是我們沒有亡靈館。你死去那麼多年，死亡仍然沒有過渡。人們仍承受不可暫緩的悲傷。

親愛的海子[2]：

知道你和看你最著名的一首詩，是同時，或許是同一件事。「我只願面朝大海，春

2 海子（1964-1989），原名查海生，中國詩人。1989年臥軌自殺。

暖花開。」我想幾乎是同時被引進一個現在開始懷疑的畫面。你面對大海的同時，背後春暖花開。你看不見，除了海。但或許花和海可以同時被一個方向的雙眼掌握，只要你的房子建對了地方。不要離海那麼近，這不是困難的事。為什麼我當時卻認為那是唯一的可能性？那陣子看了兩個有人走進大海的劇本。一個將自己的洋裝、內衣內褲脫下摺好疊在一起；一個就念了你的詩。我同時想他們，或許他們就能在大海相遇。其中一人衣服又濕又重。

總會有人做得比較像是對的事，兩個尋死的人也不例外。但相遇本身便是契機。什麼的契機？你會問。但我幾乎沒有辦法為我所說的話作答了，只要它代表可能性本身。我會像以前一樣以為同時只有一件事情能夠發生。

一個畫面。

我遇到周雲蓬和綠妖，在一個夜晚。我遇到另一首詩，叫九月。更有另一首叫九月的詩，裡面有海反覆推送惡意，卻又像姊姊理解所有事情。周雲蓬輾轉唱了你的九月，在後面加上一段西北民歌。譜曲的是張慧生。這些你都不會知道。張慧生後來也自殺了。我最後會再提一個同樣自殺的人。所有這些都遠遠超越了我們倖存之人。

「一個叫木頭，一個叫馬尾。」

綠妖將手穿過不大的桌面，輕碰周雲蓬的手，他便緩緩將手移向菸灰缸，點兩下。你唱成了木頭，但原詩是馬頭和馬尾。他笑了一下，說你聽得真細。我想像我在提供菸酒以外還提供了他一個真相。我們握了手，他的手掌厚實、虔敬。鄭重的告別以後，他和綠妖就要去趕臺北市隨處可見但有時等也等不到的公車了。我想像這次相遇會寫進他的文集裡，或許這次是灰皮公車。有點黑皮。

直到我寫了他很多次，知道那位恬靜的女子叫綠妖，知道他不是不知道自己唱錯了。「木頭裡有人的嚮往跟悔意。」我深深後悔過，但不是為了這次的無知。我還是只能為更切身的事後悔，他還是只能寫《綠皮火車》。

老周和綠妖（願你們在塵世獲得幸福）。

但是海子，有一個人的死亡你一定要知道。他是除了你的死以外唯一你需要去想的另一個死亡。「我的死與任何人無關。」這樣你就把我們全部從死亡裡拯救出來了——「所有人的死亡都損及我」——也比寫「我愛你，與你無關」的德國詩人沒有邏輯漏洞。死亡比愛更需要完善的布局。這個年輕人，大學生，主修生死學系，他安靜地將他的死亡展開在我們眼前，甚至沒有否定我們任何人，只說要去完成一件事。個人的任務。他整理房間，留下一包很好的香，如果有需要除去屍臭。

他說他還會回來。

怎麼回來，用什麼形式？我自問。然後想不出任何說得出口的可能性。屬於我的可能性障礙又出現了。但這次她——愛我的人——不會批判我，因為對死亡我們了解得再怎麼少都不為過。比愛了解得更少，卻常常用那更陌生的去測度那個熟悉的。但他不同，完成一件任務，然後回來。這種不帶有結束、開始、新生、過渡的敘述，甚至向所愛之人表達了與情感無關的勞動，終於超越了所有關於死亡的想像。

大寫的事件

舞鶴《餘生》書中的事件指的自然是「霧社事件」，但他在餘下的書寫裡往往省略霧社，僅留下事件來指稱那道決定性傷痕。這暗示了一個形上命題：我們終其一生，即是在避免「這個」事件發生。強調「這個」，因為它一旦發生，便只剩餘生。可以將它定義成大寫的「事件」。例如榮格的病人：故事總是從他們生命中止的那刻講起。醫生的任務，就是讓大寫的事件重新成為諸多事件的一個，所以佛洛伊德強調精神分析的施和受兩造必須謹守均衡式移動的原則。也就是讓「它」回到「現實」。約翰·伯格提醒我們，現實意味著事件與事件的串連，而這種串連憑藉想像。現實是想像的建構物，需要去維持甚至搶救，並非唾手可得。「事件」，大寫的事件中止了自身以外的一切想像。我們常說一些人不現實，實際上應該說他們失去了自由想像的能力。只能重複書寫同一件事。寫別的事件，這可能實現嗎？相信這個可能是不是又回到某種一般論？我有這個感覺，「事件」在我身上。當然，霧社事件是一個甚至多個部落之間集體的傷痕，最極端的關照下他們的後代都已是餘生。而我個人的事件微不足道，我也不知道能否擺脫這個後天的宿命，但我仍想用話語回到某個時刻，比如喝酒的時刻，比如黑暗的時刻，但不是為了「重複」，為了繼續講下去。或許說完也就沒了，然後生命得以繼續。

七

我上網股溝買槍管道——這當然很蠢，但我能有什麼好辦法——看到一則新聞：「改造手槍貝瑞塔轟腦，單親高一生自戕」，這標題吸引我點進去，但連結已失效，用同樣標題去搜尋也沒有結果，不知道為什麼。兩個念頭出現：這高中生好屌，用槍自殺；但貝瑞塔不是女槍嗎？

我長久以來一直告訴別人：跳樓是真正想自殺的人的選擇——七樓以上才有保證——但請搞清楚跳樓和站在圍牆邊走動的差別。割腕是一種表演。但我都是站在一般人的角度看這件事，哪想得到可以有槍。而這個高中生才一年級竟然擁有一把雖然是改造的貝瑞塔。貝瑞塔不是女槍嗎？這首先引出第三個念頭：高一生不能是女生嗎？我再打開網頁，雖然連結點不進去但標題下有預覽小字可看到部分內容：男學生疑與女友感情不睦……這就對了，性別都有，也不用再產生第四個念頭是否蕾絲邊。回到第二個念頭，為什麼我會有這個念頭？因為荷莉貝瑞？還是我被誰誤導，置入不對的性別刻板印象？

我再打開網頁——恭敬地求神問卜——首先映入眼簾的不是預期中袖珍型的小槍，是一把把大黑槍和加長型手槍；再看介紹，一般所謂貝瑞塔手槍是對貝瑞塔92系列手槍的泛稱。美軍的M9，就是貝瑞塔92F的編號。將網頁拉到底，梅爾吉勃遜在《致命武器》裡的配槍正是貝瑞塔。再也沒有疑問了。我最喜歡梅伯《危險人物》裡的演出，他為了討回屬於自己的一筆小錢，幹掉了整個黑幫和第一、第二、第三號頭目。不知道他那次用的是什麼槍。人還沒到我繼續滑網頁，貝瑞塔公司同時接了兩筆來自美國五十萬把和法國二十三萬把的訂單，法國政府為了讓對方如期完工，自行製造了套筒給貝瑞塔公司，貝瑞塔公司於是拿法國人製造的套筒來製造美國人的手槍。但後來這些法國套筒和美國子彈並不相容。美國人用的是9公釐魯格彈。手機響了，沒有顯示號碼。

他說他們在樓下，要我帶身分證下樓。我說好，請等我兩分鐘。我穿了一件卡其連帽外套，走到廚房選一把我們當初覺得精緻又不貴的袖珍型水果刀，沒有刀套，我將環保筷取出，把刀子放進去，拉鍊拉一半小心放進外套口袋。其實沒有必要帶刀，但又何妨。戴上帽子開門下樓。門外沒人，我站著不動。一個男人從左邊死角黃太太家簷下出現。他向我要身分證，我給他；他要我脫帽，我脫下。他對照兩張臉，說你頭髮長了。我說沒錯。他轉身，對著小巷虛空處點點頭，三十秒後一個女孩就和陽光一起出現。他說：她是你的了，九十分鐘不限次數，六千二。

「星星真的很小嗎」

1

多夢淺眠的一個下午，我終於離開床走到房間另一頭。那裡有另一個虛幻世界。久未聯繫的學弟卻從那一頭傳遞一個無比現實的消息。現實，純粹由於它的殘酷，它的超現實本來面目。他用英文說，對你而言，或許這比川普當選更「可怖」。川普兩天前當選美國總統。terrible，他用的字眼，服藥英文不好剛睡醒的我，只隱約記得這是一個壞的字眼。

「在這個超現實世界，人要怎麼寫劇本？」這是川普當選當下，我的反應。幾個月以來，我艱難地面對碩論般的畢業劇本。結果是，「現實」又一次打敗我們。不，我說的不是在國際情勢、全球暖化、左與右，或建不建長城諸如此類問題上被打敗；我說的，是純粹做為一個寫劇本的人。再怎麼寫，我們都是蹩腳的寫實主義者。朋友聽不懂這句話，我也無所謂。

在接到那個死亡訊息之前，我早已對川普當選無所動心，甚至有點樂觀其成。我早已經將這件事情反過來看：比起希拉蕊或歷屆美國總統，反對川普當選總統的理由，實在太單薄了。這不代表我們不能找到一個厚實的理由，只是我們認真找過嗎？還是，我們對他的輕蔑，對他的一語帶過，造就了一個意想不到的美國總統？瘋子，他真的是嗎？星星真的很小嗎？

這是Leonard Cohen——以下稱他柯恩——的小說《美麗失敗者》首頁一連串問題的其中一個。一個浪漫、愚蠢但又並不的問題。

這是柯恩習慣對讀者以及自己提出的問題，表面上不證自明，答案總在問題的反面。但他用「真的」去修飾這個問題，讓我們突然回到兒時，回到翻開教科書以前。我們抬起柔軟的頭，將星星指給爸爸媽媽看。星星真的好小，這裡一點、那裡一點，幸運的時候在幸運的地方，滿天都是。

通常我沒那麼幸運。

爸爸媽媽抬起他們厚實的手，為我遮住路燈發出的光。

2

「今天是幾號？」我從這邊移動到那邊，再移動到房間另一角，想到這個問題。十二號嗎？我記得睡前注意過日期，十一月十一號。那麼今天就是十二號了。但我總是凌晨甚至清晨才睡。我移動到電腦前，這是起床後我做的第一件有意義的事，我要知道他死亡的確切日期。

十一月十一號。

我並不糾結在地球的時差問題上，這是一個好數字，好記的數字，我打下這段文字的時候，也想起它是所謂光棍節。父親說他希望一個人面對死亡，身旁不要有人，我無法對你解釋這是一個溫柔的願望，因為你並不認識我的父親。有些事，需要脈絡、依賴語境，有些事，又是任性地連結著。像這幾年，一個又一個在我身上留下傷口的死亡。

安哲羅普洛斯，這位希臘導演，是其中一位。我花了好久的時間，才記得他死亡的日期，我想那是因為二〇一二年一月二十四日當天，我沒有想到要去看日曆。我不會再犯同樣的錯。

「七十歲以下的公民應禁止連結任何事物。」

羅貝托．貝尼尼則在他某部不甚成功的電影裡，以一個現代詩教授的身份，叮嚀大學生們：七十歲以前，不要寫愛情詩。我寫詩，從未聽從這個教誨，而現在，我又因為數字的巧合，把柯恩和貝尼尼的話連結在一起。七十歲，這真的只是一個巧合嗎？星星真的很小嗎？

3

我想要打電話給你，你的電話已成空號。那年，你前往美國——我現在知道你也有美國夢——那天，我打電話給你，說安哲羅普洛斯出車禍，死了。然後就講不出別的話。

但後來，我寫了一首詩。阿祖和外公，則是兩篇散文。啟蒙我進入戲劇的老師，去年出車禍，也死了。但我寫不出任何東西，好像死亡，再不能讓我書寫，或我禁止自己這麼做。我想到她，只是流淚，我不知道那算不算哭。

我想要打電話給你，因為你前往美國的那年，是我最接近柯恩的一次。你幾乎買了票，我開始緊張一個人面對海關，要講什麼英語。但最後，這些都沒有實現，我沒有見到你，也沒有看到演唱會。我並不怪你，是我先背離了我們的道路，轉往另一個方向，別人的長髮，就飄到我臉上。

但我想要打電話給你，是心裡有氣。今天，讓我生你的氣。

讓我不要在臉書發文，讓我不要去分享任何連結。不要去聽他的音樂。那張他兒子製作，我覺得軟弱的最新專輯——YOU WANT IT DARKER——讓我不要現在想法子改觀。沒有想到，那是最後的專輯。讓我生你的氣。

但我寫下這句話的時候，早就不氣了。書寫的時候，我總是無所動心。我平靜地用書寫面對你們的死亡。這是我現在讓自己做的唯一一件事，寫下一個字和下一個字，緩慢無生氣的勞動。

讓我書寫、紀念你，但不去回顧你之於我的歷史。你是柯恩，也是所有的死者，現實裡和隱喻裡的。我知道會有別人用更精確的文字，去梳理你；就像阿祖的祭文，交由他的長孫，我的父親操刀。我知道總有別人比我更了解你。你是柯恩，也是所有的死者和生者。

4

很抱歉，寫一寫就開始混淆人稱、生者和死者。我不知道會寫出什麼，就開始寫了；我不知道會走到哪，就走了起來。這是我所謂的散步迷路。散步的本質是迷路；而我靠迷失在自己的散文裡尋找寫你的初心。

在一座有完整轉乘系統的捷運都市裡，迷路需要練習。我的英文不好，柯恩的中文資料又太少，這讓我很早就明白靠那一本傳記、一個紀錄片、兩本小說、一本詩畫集，和網路上關於他的幾十條軼事，想迷失在這座簡易的小城，太困難了。我只擁有刻板印象，一張精確但沒意義的地圖。一張觀光客會買的地圖。總是太新，泛著廉價的光澤。

行文至此——行走至此——我想要引用一段西爾維．西蒙斯的文字，來自二或三年前出版的那本備受讚譽的柯恩傳記。

他是那種莊嚴優雅的老派男人，你來時他躬身相迎，你去時他起身相送，確保讓你感到舒服，卻隻字不提自己的拘束。不過，他輕捻兜裡希臘忘憂珠的輕響，還是露出了蛛絲馬跡。

他是那種喜歡獨處、靦腆羞澀的男人。不過如果你刨根問底，他也會不失風度地幽默應對。他的回答措詞謹慎，像是一位詩人，或是一個政客，精確、隱晦、富有韻律、避重就輕；他愛放煙霧彈，說話時顯得詭祕，一如他唱歌，彷彿是在吐露隱祕。

他的身材保持得很好，個頭比你想像得要瘦小。應該適合穿制服。他著一襲黑色西服，細條紋、雙排扣，即便是買的現成貨，也會被看成是量身訂做的。

「親愛的，」李歐納說，「我是穿著西裝降生的。」

這段文字是陳震所譯，我將簡體字改為繁體，將Leonard Cohen的中文譯名改成我習慣的李歐納・柯恩。希望他不要介意。這段文字是我讀到對柯恩最好的刻板印象。或許是真正的印象，像印象派畫家嘗試捕捉的一瞬光影。

但我仍舊無法創造一座——波赫士所說的——歧路花園，在其中複雜地走，複雜地寫你。我寫你，是為了避免說話，避免談論到你的死亡。父親站在房門口，問我知不知道唱〈燒肉粽〉的郭金發，我搖搖頭，他說郭金發前兩天在臺上唱歌時死去。他希望你也至少如此。我沒有說話。

5

我寫下這篇文章的時候，你的死因還沒有揭露，但我現在知道昨晚——也就是十一月號——你的臉書粉絲頁公布你的死訊，而英文版維基百科註記你的死亡日期是十一月七號。不論如何，都不是我曾經以為的十一號。

我有些失望，好像你錯失了一個更有代表性的日期。我知道這只是一廂情願。我總在夜晚寫作，偶爾瞥一眼時間，時常看到螢幕右下角數字剛好定在11:11。這個數字對我而言像是一個魔術數字。

我知道你會理解我對數字的執著。

讓我模仿你的文字：李歐納・柯恩，你是誰？你是（一九三四～二〇一六）嗎？那夠嗎？

對我來說，當然遠遠不夠。

我還沒將你的《美麗失敗者》改編成舞臺劇本，我改到一半，封存在自己的電腦裡，連版權問題都無需細想。但改編本身，就意味著背叛。我寫下：「我不知道從何下手，就在每個地方留下傷口，到處殺死我鍾愛的詩人。」而如今，死亡之於你，不再是個隱喻，現在你知道天堂是不是像一個閃閃發光的塑膠聖壇了。它像嗎？星星真的很小嗎？

我不知道。但我遵照你的建議，隨意翻閱這本小說，每一次打開，都是一次重複或跳躍。我無數次打開它，無法確定究竟讀完了沒有。

6

這篇文章接近尾聲了，我還沒有去談柯恩對我的影響，還沒有去談他的金嗓子銀嗓子等等——原諒我冷僻的幽默感——聽到這個消息以後，我甚至沒有吃過一頓像樣的早餐、午餐或晚餐；我只是不停地寫，喝下一杯又一杯的咖啡。

我知道一字一字，緩慢無生氣的勞動以後，就得直面一個來自遠方，超現實的消息。這個我一直在寫，但飄在空中的死亡消息。它會深埋進土地裡。但更深刻的是，我寫的過程中，沒有一刻忘記發生在自己身上，與你的死亡無關的事。相較你的死亡，那些都是瑣事。

我知道你會理解我對瑣事的糾結。

你早就明白，比我們自身更巨大的事物——比如真正的死亡、比如川普當選美國總統——不會讓我們對世界的理解更透徹，不會讓我們心胸更開闊。或許會有一瞬之間，但接著，如你所言：「狹隘的觀念很快就復萌，包括那種最可恥的不動產形式……」

原諒我語焉不詳，用刪節號代替了自己的可恥之處。

日復一日，死亡一個接一個，有時候是大規模的死亡，但我們仍然一下子就低下頭——像在做擅長的事——做一個精巧的陷阱，捕捉越來越小的自己。

有時候，這看似一個禱告的姿勢。

I forgot to pray for the angels, and then the angels forgot to pray for us.

你如此唱。

我為你禱告，也為自己禱告。

7

星星真的很小嗎？我想是的，所以它們才那麼美。

沉默擠進我的房間

這裡很寂寞，無人可供折磨。

——Leonard Cohen

那天，我的臉書滿牆都是他的音樂，只要移動滑鼠，按左鍵，就有他的聲音。不用將MP3丟進播放器，不用在YouTube搜尋他的名字。更不用將手指滑過我真正的書牆，從中抽出一片CD。

聽說順序是這樣：五個小時前傳到紐約和歐洲、四個小時前傳到香港、三個小時前傳到臺北，然後傳到我的房間。她說：「好像漸漸他在全世界都死了。」從未如此無處不在。

像小道消息要擠進我的房間。

我接收到以前房間就充斥著他的書、他的CD、他的黑膠。他的聲音。雖然我沒有播放黑膠的唱盤。數位時代音樂有很多形式——荒島唱片失去隱喻的力量——耳朵向所有訊號開放，有時候又顯得隱密。兩個戴耳機的人錯身而過，或許他們在聽同一首歌。他們交換眼神，沒有交換祕密。

我離開房間，把手機、MP3和所有帳號密碼留在裡面。死亡也有很多形式，我試著讓它們不那麼具體。我試著讓它們沉默。沉默卻聽到別的聲音。

我經過工地，工地不只一種聲音，在蓋還是在拆。我經過紅豆餅小販，她沒有發出聲音，太陽很大，她頭上有蓋，臉上有陰影。我經過火車站，我搭上一班捷運。冷氣很大，我半濕的汗衫沾黏胸口。

捷運行駛的聲音，四種語言的廣播聲，剎車，停止，開門關門，逼逼聲。這些我都聽到了，而你仍然沉默。像我要求的那樣，像真實的你真實不在。從耳機或音響或電腦喇叭放出的你的聲音，是一種替代物，但如今，替代物變成我接近你的唯一方式。

我關掉腦裡不由自主哼出的旋律。

它們永不走音，不像你。

我回到房間，從牆上抽出一張ＣＤ。聽音樂有其儀式性，重複而固定的動作。將ＣＤ退出，放回殼內，將手裡另一張唱片打開，拇指和中指夾著外圓，食指壓著殼中心突起之處，小心拿起，輕放在脆弱的盤上，按一個鈕，看它緩緩消失在音響裡。按下播放鍵。我沒有去按。

這張唱片有些什麼歌曲，我不聽也知道，我說了你就知道。有The Future、有Waiting for The Miracle、有Anthem，還有Closing Time。有那句：「這裡很寂寞，無人可供折磨。」你看不懂中文，我就寫下你寫下的原文：**It's lonely here, there's no one left to torture.**

在你死亡的那天，我用整個房間的沉默，去傾聽你死亡的聲音。直到它漸漸具體，像你的書、你的ＣＤ、你的黑膠。你的聲音。

我再去聽你的聲音。你的聲音會在我的房間，替代成真。

七

七四二十八、七五三十五、七六四十二、七七四十九、七八我又在背九九乘法表了。七一七七二十四。我抬起頭看床下的外套，被脫下捲成圓筒狀，裡面有一把袖珍型水果刀，不要忘記。我回看她的臉：我不想描述她的樣子，只能說她是個漂亮女孩子，或許太漂亮了一點。我停下動作她立刻張眼看我，這不是我要的我趕緊繼續前後動作，她隨即閉上眼睛。感謝老天。

但為什麼我要想方設法忍住不射？經濟考量嗎為了成本效益？「當你試圖讓自己分心降低敏感其實你也並不快樂。」某個勵志大師在她的勵志書上有這樣的句子，「降低敏感」可能是我自己加上去的，本來或許是「背對傷痛」諸如此類。我又讓自己分心了，而且這次是分心中再分心出去。也可以說是「後設分心」，以分析自己的分心來分心。天啊我要繼續下去嗎：羅蘭巴特說上帝就是無限後退能指序列的關閉。我可以繼續下去但是天啊。我要專注，張開眼睛，看著她的臉，想像她是一個妓女。但她確實是，只不過我們現在叫她們援交妹——我現在不是在嫖妓，是在喝茶。茶溫多少？她說二十二，我覺得其實有二十五。茶杯：大C小D。茶名：祕密。我現在正在睡夢中，手機響起的那刻就昏迷了，像各大論壇各種大神描述的那樣。像我這種新手要喝到一杯茶比買槍容易不了多少，首先不能急著要茶訊，在每篇分享文裡留言恭喜大神一覺好眠，或至少給顆愛心，讓大家看見你的誠意以後才有接下來的私訊交換情報。但你毫無情報可以交換，事實上，除了一顆宅男之心，你沒有可交換之物；但你再不想夜夜打手槍才睡得著，你卑微地祈求一場美夢，向有著奇怪暱稱和蘿莉大頭照的各尊神明禱告。蒙請賜福。最後我睡著了，夢中有一個——不是妓女也不是援交妹——不會再睜開眼睛的女孩，但我知道，如果她打開那比她自身還要古老許多的眼睛，我會再次預先迷失在那裡。像上一次一樣。

然後我醒了，退出她的身體，取下保險套，將它打結。她闔上腿，張開她那二十二、或二十五歲的眼睛，看我靈活地運用手指頭。這保險套好像很薄，她說。我不知道她是看的還是感覺出來了，真的有差嗎？對啊比杜雷斯薄很多也貴很多，重點是沒塑膠味。在哪買的？淘寶——所以比較便宜。她沒說話，我只好用手指捏著保險套在她上方甩圈。滴水不漏。她說還有時間問我要不要再來一次，我說沒關係謝謝你啊，要不要喝杯豆漿，冰箱裡有豆漿也只有豆漿。她說不用。我們真是客氣的一對。我們幫自己穿衣服。坐在床上看著桌上的寬螢幕上美麗的貝瑞塔。幾吋？她問。三十二吋，我回答。真大。或許她看的是寬螢幕本身。我決定去倒杯豆漿。順便撿起地上的外套，到廁所將衛生紙丟進馬桶沖掉，拿出外套口袋裝環保筷的小袋子，小心翼翼把刀子取出，環顧四周，最後決定刀柄向上，放進她留下來的漱口杯裡，和她的橘色牙刷一起。穿回外套，打開冰箱門。

拿著馬克杯回到房間，祕密已經坐在書桌前，移動著滑鼠。上網買槍啊？我說是，順手將杯子遞給她。你沒辦法直接在網路上買一把真槍——買道具槍又找不到人幫忙改造——但可以向不同的買家買槍枝零件，大約花個一到兩萬塊，就可以湊齊所需，比黑市一二十萬一把便宜多了，而且現在什麼都規格化了，只要做好功課比對型號，便不會買錯。最後就是上YouTube看教學影片。我一下子將早上所學的知識告訴她。她邊喝豆漿邊看我，那還有什麼問題呢？問題在槍管，槍管在X光照射下太像一把槍。有一位臺北吳先生就是這樣被抓到的，他只不過好奇想知道網購槍枝零件是不是一則傳說。

我表哥有兩把槍想賣，想不想買一把？制式還是改造？我問。改造，而且制式其實是錯的說法，應該說原廠，也就是貨真價實的槍。好吧所以是改造，我也沒那麼多錢買原廠貨。貝瑞塔92嗎？我再次展現所學。不是，對你來說什麼牌子的槍重要嗎？不重要，但你根本不知道我為什麼買槍。因為對我來說也不重要。「我為什麼買槍？」我沒在祕密面前問自己這個早該問的問題，而是問她：「多少錢？」她回答了。我還有最後一個問題。

你表哥是樓下那個男人嗎？不是。很好，我不信任他。不，你錯了，其實你信任所有人。所以我們才會有這段對話，你才會買到槍。所以樓下那男人真的是你表哥？是的。我知道了，我說。

於是，我買到了槍。祕密又來了一次，完成雙重交易，其中一個免費。

禁止吸菸

當他進入會場時，已經遲了半小時。

他轉動門把，發現門只是半掩著靠在門框上，他便推開了，而進去。他推門進去前曾在外面停留，覺得聽不到什麼聲音。他正要去聽一場演講，但他在家裡待得久了一點。

他匆匆趕到會場，進去時卻顯得從容，甚至有漫不經心的傲慢。別人因遲到而有的心虛表情在他臉上是看不到的。他也不特別放輕腳步，任由腳上皮鞋踏在空心臺階發出單調聲響。演講人的聲音好像特別輕柔。

在外面是聽不到的，他一進門就明白了。他於是走上臺階，尋找坐位。但今天的演講人名氣很大，空位就少了。

腳步一頓，他微微透露一點不安，不為人知的慌亂。然後，繼續一步一步緩慢地走，頭低著而眼角餘光掃向附近有人沒人的坐位。大部分都有人。他進去直到快要走入盡頭，好像沒什麼人看他。演講人也不看他。

越朝裡走光線更暗，後排燈沒開。他看見一個曾經欣賞的女孩，坐在右手邊。會場的坐位由兩個走道分成三部份，中間位子最多。而女孩坐右手邊，他低頭走在臺階，微微瞄到。還是以同樣的速度坐到最後面去了。

他坐最後一排，窩在黑暗裡。右手邊。

前方光線處傳來演講人細的聲音，越朝裡走越顯模糊，像他坐的位子黯淡。他正在講一個發光的房間。他好像聽到這個字眼：發光的房間。但他不能理解這個房間，他進不去。

演講人坦承到現在都無法確定這個房間對自己的意義。中間有些話漏掉了，坐最後面很難聽到，他便看了一下之前那個女孩。但剛剛匆匆一眼，他不能確定位置，只有大約象限。好像是那個，隔了三排最靠牆邊。有戴眼鏡的。

他在很多人中間，尋找她。

坐最後一排的他，只看得到每個人的後腦杓，或旁邊側臉。除了演講人，他看到他發光的額頭，他看著他髮線很高。但看起來不像禿頭。年紀還沒到，只不過天生髮線高而已。頭髮很黑。

會場裡每個人頭髮都黑，或長或短，坐在有椅背的位子上也是不容易分辨的。但現在，他是怎麼從這個他口中發光的房間離開去講別的事的？他不知道。他第二次才聽清楚演講人現在嘴裡說出的名字：昆德拉。

捷克小說家昆德拉。他一聽便專注了。他們同樣愛他。他們一個人講一個人聽，有各自的辛苦。他起初聽到一個陌生的名字，沒聽過的捷克小說家讓他感到氣餒，第二次聽清楚了，才安心細聽。

他聽到幾個熟悉的字眼：頭盔、洗臉盆、唐吉軻德。唐吉軻德所戴的頭盔是個洗臉盆，從一位理髮師那裡偷來，從此戴在頭上。他聽到了一個地點：酒館。酒館裡，理髮師想要回他的洗臉盆，但唐吉軻德並不想還他，畢竟那是他的頭盔。

頭盔該戴在頭上，他又看到演講人油亮的額頭。

他知道這個故事，也從昆德拉那裡聽來，也曾說給女友聽。

他說：唐吉軻德所戴的頭盔是個洗臉盆。她知道嗎？她不知道。於是他們決定投票，看這個東西究竟是頭盔還是洗臉盆。但她知道結果嗎？她不會知道。

最後，所有人一致贊成，這是個「貨真價實」的頭盔。他告訴她：這不就是個本體論問題嗎？演講人聲音大了一點，告訴臺下：這不就是一個本體論問題嗎？這是一個本體論問題，他想，而所有人莫名其妙全在一個酒館相遇，像這個會場座無虛席，所有人在聽這個故事。

他然後聽到斷續幾個字眼：甜美、遼闊、高樓大廈。但中間不知漏了什麼，像高樓大廈把路截斷。他便看了看前面那女孩。女孩因靠在椅背上而不見末端的髮尾，他突然聽到演講人說：我們沒了曠野，被高樓大廈占據，把地平線截斷。他突然便想起來了：那女孩沒戴眼鏡。

但他不知道為什麼想起這事。跟甜美不甜美沒什麼關係。他不討厭眼鏡女孩。但她不是那種女孩。那女孩沒戴眼鏡，在有戴眼鏡的女孩旁邊。他認出了她，有種失而復得的感覺。

他看著她的背影，黑頭髮，髮尾微微翹起。他記得剛認識她時還不是這個髮型，或長或短，他忘記了。他們並不熟悉。她幫了他，或他幫了她。她正坐在他前面，有三排的距離。

他計算著。然後他開始計算最遠那位演講人口吃的次數，不算多，但他專心數著，那些小錯誤就變得不可忍受。些微的停頓，再重複最後的字詞，重新講下去，像墨水又描過的痕跡。

他變得太過敏感了，身體向前傾。

直到有一個人睡著。一個打呼聲。他於是笑了，身體倒進椅子裡。直到有一個曖昧不明的聲音來到，才化開原本凝重的，他的嚴肅拍子。他倒進椅子裡，有幾個聽眾像他一樣望向某處，但他們無法確定位置。只是充滿某處，更像一遍遍稍稍沉重但柔緩的呼吸。

這聲音持續影響著某個區域，他身邊的區域，他身邊有人睡著。這沉重柔緩呼吸滲進演講人輕的聲音裡，便帶有水氣。他笑不出來了，覺得一切曖昧不明。介於鼾聲和呼聲之間，不乾不脆。把演講人的聲音變得更軟。軟弱，他想到的字眼，用在面前這個高大的演講人身上，剛剛好，只有他的臉面向他。其他人給他看後腦勺。

他也看著。他又想起那段日子。天很熱，他往往醒來，發現女友不在身邊。像隻壁虎，張開四肢黏在牆壁上，就這樣睡。離他遠遠地。他們給他看後腦杓，在這間冷氣房裡。女友告訴他，天很熱，不是故意的。他也接受了。

軟弱的。他看了看前面那個女孩。她的腦袋輕輕晃著，好像很輕鬆。臉看不到，看背影也一樣。他不記得他們彼此幫過對方什麼忙，他記得的是他對她的感覺，她讓他感到很溫暖，好像是個可以說話的人。

可以告訴她一些祕密。

有時候他覺得演講人正用一種說祕密的音調在講話。有時候，他覺得正在偷聽一個人的祕密，而不知中間漏了什麼。但現在，他像個傾聽者，什麼都聽到了，好像他只說給他聽這個祕密。

那是個中年男人和他母親之間的祕密。

發生在臨終前。母親囑咐中年男人，將她所有的器官捐贈給某家醫院。說完不久，便去世了。中年男人按照所託，致電醫院，希望他們能來帶走遺體。但電話那頭的小姐不客氣地說：他們沒有這項服務。害羞的中年男人聽了有點慌，匆促地掛電話。他和母親都沒什麼親近的人可以尋求幫助。

突然，可能他看到了窗簾被風吹開，他便決定獨自一人運送遺體。但他又沒車。他看著外面，作了決定。他於是向鄰居借來一輛輪椅，將母親的遺體放好，在母親臉上蓋一條毛巾。推著輪椅，朝最近的捷運站走去。

聽說，在捷運車廂裡，那條毛巾曾經滑落，一個乘客好心幫忙拾起。但他畢竟將遺體運到了目的地，不負所托。

會場某一側的窗簾微微動著，他又想起了毛巾滑落的那刻。是那個中年男人的輕忽，讓母親彷彿活著，和所有乘客坐在一起，彼此面對面，各有一張臉。但他想著毛巾滑落或者不滑落，或許對他們沒差。

臉看不到，看背影也一樣。

他的視線移開，從演講人油亮的前額離開。也離開他的祕密，進入自己的思緒裡。他總覺得吸引他目光的女孩，都有種獨特的氣質，優雅從容。坐在人群裡，卻總能將自己和別人分開。又同樣看著那個演講人，同樣聽。

他看著眼前的背影，就有這種感覺。那是不一樣的。或者因他被吸引，才有了區別。他不知道，沒有什麼差別。

他的手不經意地晃著，晃到了視線所能及之處。他出門前在家裡待得久了一點，電視正上演一齣戲，屬於南曲或北曲的一種。他不知道。但他專心聽著中國方言，毫無字幕，便盯著每個表情、每個動作。很專注地。

然後，他發現他們的手在準備樂器時，身體卻還在戲裡。那有種細微的差別。手和身體已經分開。他覺得很厲害，著了迷，便遲了半小時。

半小時後，他來到會場，坐在最後面的黑暗裡，看著演講人。從他的左手看到右手，看他身體微傾。很專注觀察。漸漸地，手和身體也分開了。他便看了看前面那個女孩，看她身體前傾的姿勢，覺得搭配他的手勢正好。他的手晃到了視線所能及之處，不經意給了別人。

波赫士。從昆德拉到波赫士，演講人又說出了一個名字。從三度空間走到四度空間，掠過了唐吉軻德眼前遼闊的地平線。

但他不願再聽。冷冷地看著演講人的手和身體要分開，他還不知道。他的女友就要去作空服員。離開了地面。她本來想當一名演員，卻成了空姐。她是個厲害的演員，手和身體可以分開，每天扮演不同的角色，在他面前變成別人。但現在，她整個人要到空中去了，固定在那個角色裡。手和身體全在那裡。

他則坐在黑暗中，想回到唐吉軻德那裡。演講人發光的額頭面對他，卻一無所知，講到了四度空間提起時間，越走越遠，離開了唐吉軻德眼前遼闊的地平線。他想念唐吉軻德的甜美時光。在他的故事裡，只要願意，隨時隨地都可以回家。他看了看眼前的女孩。

從他來到會場，他們便共處一室，像唐吉軻德的酒館，所有人在此相遇。他來到會場，已遲了半小時。但女孩一句話不說，便接受了。

他想起所有事情。從一開始，是他主動說要幫她，幫她做一件事。但他狀況不好，總是懶散，一天拖過一天。但女孩一天比一天還有耐心地提醒他，從不抱怨。後來，她反倒幫了他一些事。就是這樣，他要幫她，而她幫了他。

所以他來到會場，雖然有點遲，畢竟在一起了。

演講共有兩個小時，他讓她等了半小時。但仍有時間，他想，他花太多時間去聽演講人的話了，還聽得不清不楚。但沒有關係，或許當一切結束，他可以藉由這個與她說話。像問她：發光的房間，到底在說什麼。

「發光的房間」這個字眼又在他耳邊響起，扮隨著久違的打呼聲，讓話語模糊。

他夢遊走進這個房間，他本進不去的。但他願在裡面安心住下。他進入這個房間，便像通往女孩，他可以問她在這個房間發生的所有事情，他們在同一個空間講同一件事情。沒有比這更甜美的了，他想。

他們甚至可以再次布置這個房間。雖然不屬於他們，但他想，在哪裡都沒有差別。他們在同一個空間，就很好，可以一直待著。

但好景不長，他又在房間醒來。演講人用光亮的額頭照射他，請他出去，告訴他，這麼多年以後，他不可能跑到那戶人家，告訴人家以前他住在對面，並且常常沒事便往裡面偷看，疑惑為什麼他們家的人總是光著身子，走來走去。

走在那個房間裡。

他在最後排，想或許他聽錯了。或許，不是發光的房間，而是脫光的房間。或許他不該利用別人的地方，他想，或許應該更專注於兩人身上。

演講人有光亮的額頭，可以照亮一切虛假。破壞所有。

像木頭桌子被烘熱，融化。他記得太陽很大的那天，頭上沒有遮蔽，鳳凰樹全躲得遠遠地開花。他後來的女友從很遠的地方來到此地，坐在木頭桌子的另一邊，看著他幫她算命，聽詩籤裡的句子。她站在花的心上，卻想走到更遠處。

他想起了他是這麼告訴她的。他現在在會場裡，冷氣機發出輕微的聲音，他想起那個場景，想起後來的日子。但他們那時候誰也不知道，只是坐在木頭長椅的兩邊。如果他知道，或她知道，他們便會謹慎點，謹慎地對待兩人的機會。命運難為，從演講人口中說出機率：一半一半。

他說，這對雙胞胎各有一半的機率正常，一半的機率天生陰陽人。他坐在最後排，想如果他多知道一些什麼，就好了。至少，在太陽那麼大的日子裡，他會帶她到陰涼的地方，再幫她算命。

但現在，他不想知道結果，不願聽演講人的話了。時間無多，他只是又看了看眼前的女孩，動靜得宜。

她的脖子和背部形成一道很有吸引力的線條，他記得她常常抱很重的書，她就是那樣走路的。她總是開朗地打招呼。

就算大雨把她淋得濕透，她懊惱地把鞋子脫掉，用衛生紙不斷擦拭腳掌，但很快就能撥撥頭髮，和朋友在簷下閒聊。她的人緣不錯，他想。但他還是懊惱那天本該帶傘的，卻又臨時改變心意。沒能為她撐傘。

但她還是熱情地跟他打招呼。他們現在在有冷氣的地方，沒有比這更好的機會了。雖然他相信在任何地方，任何溫度下，她的熱情不減。但在冷氣房裡，人人都會更冷靜地面對自己的命運，他這麼想。

他和女友第二次見面的時候，便下起了雨。他想要借傘給她，但她說不用，害羞而匆促地結束對話。中年男人慌張地掛斷電話後，便獨自一人了。他想不起這兩件事的關聯，想不起中年男子的事。只是想著電話被掛斷，如此而已。他獨自一人在最後面最暗處，想很多事。

但他不再想女友了。他總是想著未來林林總總，想一個安穩的所在，和一個人住。但他現在發現，面對一個不怎麼熟悉的人，還比較容易想像。

臉看不到，看背影也一樣。

他便看了看眼前的女孩，接著，一動不動地注視她的背影。他會很容易和她熟悉起來的，只要走過去就行了。他知道她是個溫暖的人，可以安慰他，聽他講所有祕密，只要走過去就行了。她有點胖胖小小的，抱起來一定很舒服，只要走過去就行了。

但他不願意再想太多過程，過程令人疲憊。演講人正在收尾了，他一分心注意這事，時間就繼續走。他花了一些時間待在家裡，花一些時間來到會場，在為數不多的空位中花時間選擇，拼湊演講人的話語，想一個不在身邊的人。這一切都是令人疲憊的。

他再不願去想過程，他要走得更遠，走到花的心上。在那裡，他看著眼前女孩。他們會有兩個小孩，一男一女，姊姊和弟弟，這樣姊姊可以教弟弟穿衣服，弟弟不要太瘦，姊姊不要作護士。他們或許會很窮。但不論如何，一生至少一次，他們要一家四口搭著飛機，不知道飛往何處。

他覺得沒有關係。

他看著她的背影，覺得一切都有了可能。就快來了。就快結束了。現在是聽眾發問的時間，他心滿意足地拿出捲菸用具，他想一結束就有菸抽。要趕在結束前完成所有事情，然後抽一根菸。他將座位旁附著的小桌子拉出。

但他手滑了。小桌子掉落，發出很大的聲響，所有人都回過頭看他。包括那個正準備發問的人。但他沒注意到那人驚愕的表情。因為他看著他眼前的女孩，露出驚愕的表情。

那不是她。

他向所有聽眾和演講人致以抱歉的微笑，並第一次認真考慮，真的該是戒菸的時候了。

所有人熱烈鼓掌。他的演講應該不錯。

給S

你就把這封信當作一個不速之客吧。隨時都可以闔上，就像關上門，因為我只會站在門口。但希望我會是一個友善而素樸的客人，不再用那些矯飾的語言。

幾年前的深夜，我騎著機車在宜蘭找宵夜，收到你的訊息，你說你陷入一個劇場裡，沒有人愛你，大家都幸福快樂，只有你不幸福不快樂。這不是你的原話，大意如此。我忘了看到你這樣無助的訊息感覺如何，可能沒那麼餓了。但記得我問你：「我也幸福嗎？」你回答：「你不幸福。但你長得好看有才華。」我笑了，因為被肯定。不是那後半段的肯定。我扎實的不幸福竟然可以把暫時失去理性的你一下拉回現實。好像說，這世上只有兩個不幸的人，而只有一個是真的。

你大概不記得這事，我們偶爾的交流，對我的意義總是大於對你的，我如此相信。

我不真的相信塔羅牌和星座命盤，但你幫我算命，就是意義所在。一個遙遠微薄的連結。我們都有各自的生活、對象和挫敗。我們不在彼此真實的刺痛裡。

你最近好嗎？你已經很久沒有回答這個問題。

我最近好嗎。你幾年前已經預先回答。為什麼你那麼肯定呢？肯定不是我人盡皆知的憂鬱症或和你說過的幾件事讓你這麼毫不猶豫。於是我笑了，心震動。

多年過去，除了洋裝已完全從你生命中消失、髮色不斷變換、不用翻書就能詮釋每張牌的意思，我還知道你的什麼呢？多年前，你就已經是一個祕密。

如果我又重提多年前的劇場週，我們認識的那天和接下來幾天，你大概也應該要覺得煩。我沒當過兵卻一直像老兵回憶當年。前陣子我試圖自殺很多次，我爸擋在我面前，我冷靜地扳著手指告訴他我人生中只快樂過兩個星期又一天，而三十三歲，夠了。不只因為和趙分手，不只因為意識到我一事無成。是因為如你所說：我從來不幸福。

兩個星期又一天，你占了其中一個星期。

在那個星期，你救過我，以傾聽和回應救我於失語。我知道，救我不是你的本意，你也不清楚當時在我身上發生了什麼事，或許你只是覺得我跟戲劇系其他人有些不同，在後臺，你更願意坐在我旁邊和我說話。但就這樣子完成了拯救。我同意你說的，為何人要靠另一個人拯救。

我曾寫過一首沒有名字的短詩給你：

喜歡說你是對的
這樣我的每個錯誤都像一個許諾
你的巨大手掌托住我
溫柔修正我的睡姿

甚至把你那些我不認同的想法當成對的，削減自我，於是富足。我也喜歡你的才華勝過我自己的，雖然我們的品味基本不同。你喜歡謙虛的人，但我猜想你並不欣賞這種自我貶抑。仰望著一個人，舉起手像投降。

為何人要靠另一個人拯救？

我和趙第一次做愛以後，有一天她告訴我我進入時她感到被救贖，我生氣又難過，我們第一次做愛不是全然的激情或愛戀，更像是一個儀式、一場驅魔大會，撫平她的創傷事件。但或許我該為她開心，為我能救人開心。

我救過一些人。但從來沒被誰救過，除了兩次現實中的溺水以外。在心靈上被救的經驗讓我難忘。

但我更希望我對你的感覺能跳脫出那個星期，那個魔幻空間。去摸索出更多東西。我的執著來自水源劇場後臺，但我想出去看看我的執著能走多遠。

你也有你的執著，我知道，那可能與我無關。你告訴我我們都寫下「想死在所愛之人身邊」，我們的相像讓你害怕。我沒有告訴你，我以為那是個普通的願望，只是其他人都迴避了字的重量，輕巧地帶過；我們沒有這樣做，就被一個平凡的想法連結起來了，這真的只是一個巧合嗎？

我感激那個巧合，讓故事得以延續下去。斷斷續續直到你不再說話。而我偶爾說話，你回不回不是我能期待的事。

不，我並不是一直喜歡著你，過自己的生活和自己的對象兩顆心廝殺時，甚至很少想到你。但在某些無法預期的時刻，你總會回歸。召喚回對你的喜歡是那麼容易的一件事，這件事不曾發生在別人身上，我不知道原因。

或許是因為，面對你的存在，我幾乎沒有誠實過。不，我沒有對你說過一句謊，雖然我因為你，學會了向別人說謊。我的不誠實處在一個難以解釋的層面上，我對你的喜歡或不喜歡或無感或著迷好像都不是堅實的，但也不是能隨著我意願變化的幻象，介於兩者之間。或許只有這樣，你才不會成為一個簡單的過客，像其他所有人那樣。

或許我已經告訴過你，或許在那封沒寄出去的信裡說過，我對你的感覺很真切，只是總無法確定那是什麼感覺。所以一切又恍惚晃動。

這麼多或許，很矛盾嗎？或許吧。

只一次，在床上流淚傳簡訊向你表白。唯一的一次。那是更久以前的事了，但我仍然記得從胸中湧出來不得不說的話，太堅實的話。

認識至今，快六年了，不說大概你也知道在我這裡總有一席之地，任你來來去去，終至消失。人和語言和文字都消失了。變成我一個人的獨白。這五六年裡，我卻從未問過你一句願不願意和我在一起，任何文字語言當面的試探都沒有。可能那對我來說就是不可能性本身吧。雖然我或許有一點才華、一點長相，但整體上，我對你而言仍是一個失敗者，我這樣想。而現在我還變成一個魯莽的人，但我無法為此道歉，否則我就不會寫這封信，敲你的門。

但我常常想像一件事，如果我們可以短暫在一起，比如三個月，如此就滿足了我心中的一個願望，這個願望甚至比死在所愛之人身邊更特別，因為我相信短短的時間就是我們能刺進彼此真實生命中的極限了。我為我的幻想道歉，我幻想的腳想踏進你的門檻。

就此打住。我仍站在門口。這封信比我想像中要長，你看到這裡，腿也酸了吧。想說謝謝，為了今天和過去你偶爾現身的日子。你的歌聲、背影和存在。

邊走邊寫

一

和父親散步到河邊，走到橋中間往下看，基隆河有拼圖的層次，覆蓋一層保護漆水波不興。橋在晃。用手按著欄杆能感受橋在晃。幾乎是平靜、不帶痛苦地讓思緒流過去，從河到海，有你也有我的花蓮七星潭。（我們在房間地上輪流睡覺，拼好拼圖，艱難地拿去裱框，審慎尋找位置，擺好站遠，有完成事情的滿足，有完成事情的空虛，然後我們離開房間離開臺北。）面前是一片海，完整而連續，沒有破綻的美，單調的美，還有，像拼圖一樣，令人絕望的美。如果它是拼圖，我們不敢想像；如果它是海，我們已經完成了。毫不費力站在一起。

下了橋往回走走到松山車站搭火車坐往臺北車站，一路上想著這個句子：「是我非常了解的一種迴光返照。」句型很熟悉哪裡來的？一路上念著這個句子，幾次想念給父親聽，那樣又要提起老故事，現在還不想。想起了是海明威的句子：是他非常了解的一種……

來自〈一個乾淨明亮的地方〉：「**是他非常了解的一種虛無。**」有時候內容本身並不重要，即使我們一眼就看到那個無法迴避的字眼，那個沒有的字眼，我們有時也會忘記。「**即使我們深愛一人，有時我們也會忘記。**」卻記得他是怎麼帶著愛說出那兩個字的：是他非常了解的一種，是的，虛無。他老到可以了解、非常了解的還會是什麼，不是虛無還會是什麼。NOTHING。

當下，我除了迴光返照又能想到什麼字眼來了解？看過太多次母親說她好多了，然後又掉回去，毫不費力。（現在法輪功正幫她，我樂觀其成。）有人告訴我憂鬱症會開啟一扇門：終其一生，你只能想辦法忽略它，別想將它關起來。我是不是已經開啟了那扇門。她說撐過去，會好起來。我知道一定撐得過去，怎樣都會撐過去；但如何好起來，既然從來不好。不論和誰在一起，不論和誰不在一起，從來沒有好過。會撐過去，是的。好起來，是我非常了解的一種迴光返照。

就像現在這樣。穩定地走路，相信自己不是廢人。穿昂貴的皮鞋戴新買的手錶走路，相信自己會有人領走。更好的是：相信自己可以一個人。一個人走路。媽的月亮躲在那裡幹什麼？父親指給我看兩棟大樓之間的滿月，我們吃完素食走出臺北車站，走向舊的新公園、新的二二八紀念公園，隨你怎麼叫都好。那裡有受難者的照片，印在透明壓克力板上，那裡有分散的月，印在水波粼粼的池上。只要等待一隻魚跳起來，等待一個人被承認死亡。那裡有鞦韆。

二

孩子飛了起來，又掉下去，盤子飛起來，狗一躍而起一口咬住，搖尾巴送回丟飛盤的手裡，孩子落回一雙大手裡，飛盤又在空中了，有時被風吹歪，狗一直等待。什麼東西都在上上下下，湖裡有睡蓮，遠處有一座山的表演。那座遠山由濃密的綠樹覆蓋，遠看像草，風從後面吹來，風蓋了過去，一片樹海就依序倒下，遠看像山在梳頭。這裡是陽明山二子坪，我們已經走出那段狹長被樹隱藏的碎石子路／人工步道，抬頭就看到天，然後是湖，更遠有山。

這就是被完成的景象嗎？有孩子有狗，還有飛盤，孩子與狗都可以玩。我們哪個是丟盤子的手哪個是接孩子的人還有，哪個是看著這一切發生的人？我們手挽著手，一起看著，都還是別人的孩子和狗，我們越過盤子看到更遠處。然後我回過頭去，我想你陪我回到那樹林裡，碎石子路和人工步道分開的那裡。我曾寫下：走上陽明山二子坪，共有兩條長路，殊途同歸。殊途同歸：永遠有陳腔濫調。好像說：永遠有真相。當佛羅斯特寫下他那句著名的詩句——**我選了一條人跡稀少的行走，結果後來的一切都截然不同**——時，彷彿看到了未走之路的終點。終點總是一樣，至少在二子坪如此。如今我第三次——在想像中、在有你的隱喻裡——站在岔路的起點，我看到四個月前的我。我站在其中一條路上——你想要哪條呢——臉卻微微的轉了一個方向。這一個細微的姿勢，完成了離棄。

離棄那個總是一樣的終點。離棄的便是整個二子坪。不是從一條路轉向另一條，而是同時背開兩條佛羅斯特的路。我們先是各走一條路，接著重又手挽著手的二子坪，被微微地轉到後面。我看後面，看見了什麼？蟬聲響亮，每隻都想成為最大聲的一隻，便只聽到一極大的聲響持續著。

三

沒有人盪，兩個鞦韆。找了那麼多公園，結果這裡就有一次兩個，完好如初。我和父親一人坐一個，我沒有盪它，我在喝可樂（百事可樂）；父親盪了兩回，安安靜靜，毫無鐵鍊久遠生鏽的噪音。兩個鞦韆隔一段距離，我看父親盪著，看前面溜滑梯情侶挨在一起，第一次有種喜悅的感覺，又有了想改的句子，來自費里尼《八又二分之一》。「生命是一場慶典，讓我們分開體驗。」鞦韆被父親硬生生停住，我已經改完了。

當然，我們還是提起了老故事，提起了最後一封長信的下落。我怎麼知道它的下落？這四個月我寫了那麼多字，我怎麼一一找回它們？承認它們死了吧，承認魚都回到水中，然後或許我會在壓克力板上、在水波中看見自己：戴著久違的鴨舌帽，平靜地走路，後悔所有傷人的話。再原諒我一次。再原諒我一次。我坐沙發喝酒，她躺在床上，說她原諒了我。我這幼稚鬼。再原諒我一次，我的失敗與之無關。我心甘情願被召喚，只能責怪心不甘願保守自己。

朋友說，我有一套自己的思想體系，充滿了誤讀。布魯姆說，晚輩詩人藉由誤讀，最後生下了前輩詩人，他的父親。卡夫卡說：「**生活在眞實裡。**」我知道他並不呼籲，他只是說了真相：生活的困難在於真實總是已經完成了，我們無法虛假它。我用盡全力誤讀這個世界，卻總是得到正確答案。德希達說文本以外別無他物；我悲傷地想到：真相以外別無他物。

我能藉由誤讀生下離棄嗎？在離棄之外有別的東西嗎？我遇到一個女孩，我的臉微微轉一個方向，她的長髮就在我臉上。然後我們開始談起各自的生活和情人，各種不想要確定的事。後來她說她不知道我要什麼，可能很多可能很少，但她只懂得給我薄荷糖。最後她說：「有一次我偷偷幻想被你殺死。」她怕了我。

我不知道怎麼讓她不怕，只好離開這個問題。

我的方向感很差，總是找不到路，明明在這的建築都跑哪裡去？然後十幾年前，臺北有了捷運，從此沒再迷路，至少在臺北不迷路。只要看好顏色的線，名字到名字，站到站，最後選擇對的出口，幾乎就離哪裡都很近。

結果是：我們被固定下來，讓正方體帶著我們移動，攤開，到下一個正方體。結果是：想要在臺北迷路，需要練習（尤其一個人的時候）。一個人走路，去哪都在散步。若散步的目的是走路，走路的本質就是迷路。若有所謂本質。若有初心。我靠散步迷路找它，我靠迷失在自己的散文裡找它。

不斷回到她的問題：我要什麼？

散文的確定

1

ㄅ：你看嘛，五年來你每次看著她，你都在想，這會不會就是你的未來，她會不會就是那個人，和你結婚生子，一直住在一起，養小孩繳稅之類的，然後一起老去，照你們五年來的生活速度，很快就會一起老去，你們互相陪伴直到其中一個人不行了。你每天都在想這個可能性有多高，這樣的未來讓你困惑。然後現在未來擺在你眼前，她不可能和你一起，毫無疑問。你的未來第一次這麼明確，你還有什麼不滿足的？

我不知道怎麼回答他，我寫下了ㄆ、冒號。ㄆ是我嗎？一個代我受罪的人？還是我的反面，所有我不是之是？我叫你盼盼，你就不是你自己了。

2

我以前常常告訴你，我不會寫散文。首先我不知道散文所指什麼。只能用一種排除的削減的方法去指出它模糊的所在。當它不是詩不是小說也不是劇本，我們說它是散文，帶有遲疑的肯定。但同時，散文又帶有所有它不是的是，然後小說向散文借用了它的行文方式，詩向散文借用了它的反面，有時我們說那叫墮落，嚴謹的節奏散開了去。當劇本取消了對話，它變成獨白變成一整篇的舞臺指示；還是，變成散文？當我寫信給你的時候，我寫的是什麼？這些你正看著的字又所指什麼文類？你會說文類不重要，重要的是內容；但你又說，盼盼死了，現在你要做回自己。你可知道這意味著什麼？盼盼是所有你不是的是。當我承認我也寫散文當我承認我正寫散文的時候，我東拉西扯地向詩向小說向劇本借它們的確定，如同我們確定今天是中秋節而不是其他，月亮卻不確定自己是否滿月。月亮的光模糊地照著我，寫散文的人，我本身變成散文，變成所有不是之是，波赫士說：那叫做遺忘。你遺忘了盼盼嗎？

四

遺忘，然後自由。我可以隨時離開房間，再回到新公園回到二二八紀念公園，重新感受中秋節到今天，漸漸稀少的材料和情緒。我已自由。將兩個時間放進同一個空間。將晚上沒有看清楚的照片，在白天看。除了受難者的照片，還有一長串的名字，照縣市排序。沒有照片的人，有一個名字和地點，我想知道那是出生或死亡的地點。關於名字，我叫你盼盼，你就存在。但那是曾經的事情了。「**我叫你的次數越多，我對你說的話越少**。」這也是曾經了。當我不再叫你盼盼，我們也並不說話。我站在橋上，白天，正下雨，沒有一個或兩個月亮，到處都是漣漪。我想你陪我回到二子坪，再去看那岔路，去看那選擇的時刻，沒有做出選擇。你沉默以對。

無話可說的時候，我就講布魯姆講卡夫卡講德希達，講一講我們抱在一起，通常都抱在一起，有時做愛有時則不，只是抱一起，有時睡覺。五年這樣過，很快就過完。現在除了很晚或很早，必須睡覺，有大量緩慢而安靜的時間，可以閱讀，可以寫自己的字改別人的句子，我現在就是這樣做：閱讀、挪用、寫下、刪改，像繼續講給你聽，但其中沒有你：「**再也找不到你，你不在我心頭，不在。不在別人心頭。也不在這岩石裡面。我再也找不到你。**」甚至這首里爾克的詩，也沒有你在其中。如此我才大量引用，你在引用之外，在擁抱之內。

散文的艱難

0

不可能邊走邊寫。可以邊走邊吃、邊走邊抽菸（別亂丟菸蒂），甚至邊走邊接吻；但邊走邊寫，只能寫下關鍵字。關鍵字在房間被處理，不是太多就是太少。像女人的愛，莎士比亞說。男人的愛多或少？在房間寫外面的一切，外面是過去：中秋節的月亮、鞦韆、火災、受難者的照片，以及我記下的改寫的文字，都在外面，都過去。迴光返照也在過去被了解，當我寫下這種了解時，我已經又掉下去了，毫不費力。否則我不會有字。就好像說：這些字是迴光返照的結果。我們知道結果是什麼，是我們寫下的一切過程以外的，內容以外的，寫的動作。是沉默的動作。時常聽到：寫作為了避開死亡；在我的例子裡，寫作是面對死亡的沉默，絕望地要發出一點聲音。那麼艱難。我們將拼圖拼好，好像在說：沒有我們就沒有圖。兩個人之間的甜言蜜語。一起感受完成的滿足和空虛。但房間裡的字呢？一字一字的完成，然後呢？當我們面對幾乎毫無色差的天和海時，我們將所有拼圖放在白紙上，不再考慮它們與天和海的關係，不再考慮畫面內容，只專注於稜角凹凸，一塊一塊去試去對，緩慢而無生氣的勞動，輪流休息拿起同一塊拼圖好多次……最後當我們完成了，站起來，就看到天和海，所有的層次出現了，好像我們創造了。像回到七星潭，像走出樹林看到二子坪的天空。我們不知道怎麼得到這些的，生活可以運用這種毫無技巧的魔術嗎？我的這篇散文可以被這樣完成嗎？不要去考慮那些憂傷、那些暴力和離棄；只是拼字和字，將它們虛無在虛無，然後完成了，站起來，感受滿足和空虛：你已經不在了。

五

走在南陽街，曾經的補習之處，造就中文系的我，日後艱難寫劇本的我。聽到人們在烤肉堆中，在分離時刻，互相道賀中秋節快樂、中秋節快樂。這不是只在電影尾聲才出現的低語嗎？不是應該聽到情人節快樂聖誕快樂或者比較接近東方式的新年快樂諸如此類，怎麼會是中秋節快樂在互相傳遞著，即使在中秋節裡，人人在烤肉堆中。這一天，我們家不烤肉，吃素，一如往常。

走向舊的新公園，新的二二八紀念公園的路上，遇到了火災。為什麼知道發生火災，既然沒有火也沒有煙，有七八輛消防車開來開去，只有一輛對著兩棟大樓中間噴水。很多人在看，想看進大樓和大樓中間。為什麼仍舊抬頭盯著那沒有變化的水注看，既然看不到火也看不到煙，氣味在中秋節活動中顯得那麼理所當然。不如去看那躲在大樓和大樓之間的月亮吧，至少它還是滿月。沒有雲也沒有風，沒有火也沒有煙。只有烤肉的氣味一直散不去。

凌晨兩點或三點，下樓丟垃圾，開門站在巷子中間，再沒有烤肉的人。抽菸配可樂（可口可樂）。既然抽菸不再意味著憂鬱，不再是跟隨失戀而來的行為，既然菸都沒有了酒——另一個憂鬱的產品——搭配在一起完成矯揉造作的象徵。抽菸與否，對我來說不再是一個問題。問題在健康，你可以這樣說，但至少我沒有蹲在木炭旁烤肉。我承認：一小時前去巷口買了燒烤，一小時後我下樓丟垃圾（已吃完別人烤的肉），我站在巷子中間看著月亮，月亮他媽的也看著我。它到底在看什麼？我看著它它看著我，我對它吐一口煙，我想對它說一句話，這次我沒有更動一字：「**如果你要我，請接受我的樣子。**」它就是本來的樣子。

七

沒有快樂，沒有悲傷，現在她有的，只是對人性的厭棄，對人性的依賴。她經過一棵樹，樹問：「人性是什麼？」她回答：「你沒有的東西。」然後靠著這棵大樹，休息。要是有帶防蚊液就好了。可她手上只有一支iPhone。

以前她最喜歡用她那隻離子燙手指上下滑動螢幕，奇異的角度讓她彷彿觸到G點，她有點不確定左手指還是手機螢幕是她的性感帶。或許彼此彼此。但她確定的是，這隻殘缺的左手食指帶給她意外的方便。當大家反覆移動指頭去解開指紋鎖最後索性輸入密碼（048787）時，她的左手食指從未讓她失望，一次到位。受傷後，她擁有了絕對精確的指紋。

為何現在想到這些事？或許現在她性冷感了，她不想滑手機了，但她仍懷念那些狀況還好的時光。雖然很少做愛了，但偶爾在同一個空間，會互相分享一些影片。有一次她傳了一個韓星的影片給他，沒有字幕，他反覆看，看不出端倪，當然他看到一個整形醫師在韓星臉上畫下幾道線，鼻子的部位，整型前整形後？他把時間軸拉到最前，再把時間軸拉到最後，最前最後都沒有對照。「這個影片是不是不完整啊？」「她還沒整？」他連續傳出兩個訊息。他們不大講話了。「有些人整型前其實也很漂亮啊。」她回訊。

她的鼻子變小變挺了。是啊，如果忘記刻板印象：整形是為了更好看——或失敗的案例：更醜——他這個後來配了槍的業餘偵探一下就發現真相。伴隨真相而來的是一個問題，動機何在？為什麼要把鼻子變小變挺？傷人，對方卻感覺不到；殺人，沒有人發現。被殺的人自己都沒有發現，就死了。

這就是最悲慘的互相傷害吧，她想。

她已經感受不到那些語言暴力了。她出門，是因為有點耳鳴了。她看著大公園溜冰場跳土風舞的媽媽，她們的陣型，正好讓她們的孩子繞來繞去，精進溜冰的技術。她看到了一個最美妙的畫面：一個穿四排輪——其他人都穿直排——的孩子側身就要跌倒，一隻有力配合音樂節奏的手，拖住他的臀部，順勢一抬，孩子頭也不回就溜走了。她想那一定是她自己的孩子，所以才會頭也不回。這就是愛。

她被她的推理感動了，離開大樹，蚊子跟著她，一起飛向溜冰場。她在溜冰場外圍，用手觸摸冰涼的銀色圍欄，小小的繞境。不用說，觸摸著銀色圍欄的一定是那隻著名的左手食指。她監視著那些不是自己的孩子，卻看到了一個不在名單上的人。她的手指停下，迎來一陣小高潮。

但她沒有叫出聲。

她離開了。下了床，走進浴室。開始下起雨，不大不小的雨，她將手指伸進頭髮裡，往下梳，沒有洗髮精配合的濕髮，髮根被扯得斷裂，她不經意之間，留下好多ＤＮＡ。

當然沒有警察想得到，這裡是一個犯罪現場。而七個目擊者，有大人有小孩，被圈在圍欄裡，不經意看到一個男子套上連身帽，尾隨一個女子離開大公園。

死亡證明

1

「好了。屍體在這裡，拿給他們看。」

他收下兩千塊，找我兩百，指了指「屍體」，替我關上鐵門。我看著橘色垃圾桶蓋子上透明塑膠袋裡，他所謂的屍體，想要不要直接把它丟進垃圾桶裡。再看看鐵門上嶄新的鎖，就算是三樓遺傳性賴皮的易太太，也不能夠假裝它是本來那一個吧。但我還是決定把那生鏽退役的舊鎖拿上樓，放在陽臺鞋櫃上。一邊爬樓梯一邊看那張收據，寫著一年保固。

幾天前，電鈴響了，按下對講機上的按鈕，樓下大門卻沒有應聲而開，指示燈也沒有亮起紅燈。亮紅燈代表樓下的門開著，有時候深夜紅燈持續發光，我會下樓查看是否有人忘記關門。但這次我用大拇指按了好幾次——觸感像練過但後來荒廢的肌肉——直到放棄，走回房間套了一件小背心，下樓幫我那位忘記帶鑰匙的男朋友開門。

傍晚六點半，加上穩定平靜的一長聲，讓我不用拿起對講機問是誰就知道是誰。這間公寓嚴格說起來，屬於我舅舅，他兩年前從一個永遠升不了職的基層員警位置退休，舉家——他和舅媽兩人——搬到花蓮經營民宿去了。好山好水，還有國寶級的雲般變幻莫測的蘇花高計畫。他們每幾個月會回臺北一趟，那幾天就住在這間公寓的和室房。身為所有權狀的所有人，舅舅從不直接拿鑰匙開門——我猜這是某種臺北人的克己情結——代之以短促的兩聲，我便知道他們來了。還有另一種一聽即知的門鈴聲，是郵差。

2

我手裡捧著一堆廣告和帳單，準備上樓做資源回收和皺眉頭，在樓梯間和四樓彭先生擦肩。太好了。

「彭叔叔你好。」

「好。」

「對了，我們樓下的門鎖壞了喔，要請人來修。」

「怎麼會？昨天還好好的啊。」

「你們家的對講機沒問題嗎？」

「昨天好好的啊，剛剛我看到你在樓下，和一個男的在門附近弄來弄去，然後對講機按下去就沒反應了。」

「那是我打電話找冠群來看的。昨天晚上門鎖就壞了。」

「冠尋？」

「彭叔叔我帶你下去看。」

我指給他看一樓大門門鎖旁一張模糊不清的貼紙，隱約可以看到「冠群」兩個字和電話號碼。昨天我撥錯兩次，才找到正確的冠群。

「昨天明明還好好的啊。」

「昨天晚上就壞了。」

「係安內唷？」彭先生一邊說，一邊拿出一個小鑰匙打開信箱。

「太巧了吧。」

「彭叔叔你要相信我，我沒給你騙，這個門鎖真的已經壞了。」

「那個人來以後就壞了啊，奇怪耶。」

「他是來幫我們檢查的，我請來的。」

「厚啦，所以哩？」

我跟在彭先生後面，已經走到了三樓，左邊傳來兇猛的狗叫聲。小黃，每個小孩兒時上下樓的夢魘。但我已經不是小孩了，這隻小黃也不是最初的小黃。易太太之後養的每隻狗都叫小黃。

「他說換新鎖要一千八。要我們住戶討論一下。」

「人是你找的啊。」

3

「這就是我們的好鄰居，好好先生彭叔叔。」

我一人分飾兩角，國臺語交雜，最後球員兼裁判，下了一個暖洋洋的結論。

「還不錯啊。」當他右手拿著小剪刀，左手拿著藍色扁梳，努力對付他近乎完美的小型落腮鬍，就會冒出這句稍嫌複雜的句子。但這不代表他沒有聽到我內心的憤慨。

二十分鐘後，他從廁所出來。

「就算了，一千八就一千八。」

「你說什麼？」

「一千八就一千八，幹。」

「不行。」

「對，不可以。」

短暫沉默後，他宣布要下樓給黃太太剃頭。一樓黃太太，家庭理髮兼里長。

「要我順便跟她說我們要分攤修理費嗎？」

「她住一樓……」我邊說邊比一些切割的手勢。

好吧，他當完兵，才搬進來這裡幾個禮拜，從小到大沒住過四層樓公寓。不跟他的無知計較。一樓和樓上住戶共用水管，但不共用大門和樓梯和人們進進出出有關的一切。

「對喔。那總共是……六戶要平分對嗎？」

這次他說對了，除了我們十五號二、三、四樓，還有臨棟二三四樓——十七號——跟我們共用一個大門。彭先生就住在十七號四樓。

「我下去囉。」

「欸，如果黃太太問你我們家的事，尤其是我姊什麼的，你就說不清楚就好。她是……」

我用雙手圈出一個傳聲筒。他呵呵兩聲，就小跑步下樓了。他今天比較早下班，抓緊黃太太跟鄰居八卦和煮晚餐的空檔，去說那句：「黃太太，可以幫我剪頭髮嗎？」她每次都說好，一邊和旁邊的人話家常，一邊幫我男朋友剃他最愛的三分平頭。當完兵，他迫不及待地留回上唇和下巴的鬍子，發現平頭意外搭配，還可以讓M形禿不那麼明顯。

裘德洛也曾發現同樣的道理。

後來又發現禿頭並非他演藝事業的致命傷所在。

4

他昨晚說要來之前會先打電話通知，但下午兩點，電鈴響了，不是那三種熟悉的響法，我急忙套一件男友的四角褲當短褲，下樓開門。一個粗壯黝黑的男人手裡拿一個工具，腰上還繫著工具帶，上面插著更多工具，二話不說走進來繞到門後，開始檢查門鎖，接著查看沿著樓梯間走的電線和牆上的變電箱之類的東西。我想這一連串動作說明了他是冠群派來的人。

搞不好是冠群本人。

但我不知道在那裡可以幫上什麼忙，就這樣默默上樓也有點奇怪，所以我走出大門外。沒下雨時，七月午後的陽光非常強烈，這就是我需要的維生素D。上個禮拜臉書的一篇文章吸引我的注意，它在討論缺乏日曬的人會產生什麼不良影響。上午十點到下午三點是曬太陽的黃金時間。一週三次，每次五到三十分鐘足矣。但我發下宏願，連曬一個月的陽光，在陽臺上，和棉被一樣，把自己掛在欄杆邊。這樣就可以了，不需要真的出門。

我站在陽光下，對面一樓的鐵捲門照常拉下——上面用紅漆寫著「請勿停車」——但旁邊的門開著，姨嬤站在門口，穿一件碎花背心，舉起手遮住陽光，朝我這邊看來。我用嘴形無聲地叫了「姨嬤」，並點點頭。她跟我沒有真的親戚關係，但從小這樣叫習慣了。

小時候姨嬤開了一家雜貨店，就在眼前鐵捲門擋住的裡面。賣各種零食，都是便利商店買不到的，還有一個扭蛋機，但自從最後一顆扭蛋被我用二十元扭出來以後，就再也沒有裝入新的扭蛋了。這個扭蛋機會吃錢，我跟姨嬤的孫子說，他低著頭不說話，然後從櫃臺跑出來，拿一支冰箱裡的五元冰棒，丟給我。那一個禮拜他都沒有再跟我說一句話。我記得那是十二月的事，我把外套的袖子拉到手掌，拿著冰棒走回家。

兩個月後，他消失了。

5

我想姨嬤大概很久沒有看到我本人了，所以持續盯著我看，直到我轉身走進門內，都還能感覺到她的視線讓我頸背發熱，或是陽光太毒。冠群男正在將拆下來的公寓門鈴／對講機裝回去，我站在半開的門邊看他工作，也躲開了姨嬤的監視範圍。他用螺絲起子指向大門。

「這個鎖那個什麼……感應器壞掉了，整棟樓都沒辦法開。」

「是喔。」

「是低，換一個鎖一千八。」

「噢。」

「你跟其他樓的人討論看看要怎樣算，要修再打給我啦。」

他說完騎上機車就走了。我關上鐵門，再按下門鎖上的銀色按鈕，清脆的聲音，門隨即打開，看起來什麼問題都沒有。感應器，他說是感應器壞掉了。我打開信箱，裡面塞滿了各種顏色的紙張和信封，我把它們全部抓出來，捧在胸口，小心地上樓。聽到腳步聲，抬頭一看，是彭先生。

6

好消息和壞消息，你想先聽哪一個？

好消息。Good news。

電影和電視劇裡最常見對話的第六名。名次是我亂掰的。好消息和壞消息總是息息相關，壞消息基本上針對前面那個好消息而來，所以這跟倒吃甘蔗或先吃苦後享福沒關係，選擇先聽好消息只是實際而已。

好消息是，五戶人家中的一戶已經收到了我的訊息，我可沒把握一戶一戶去按電鈴，跟他們要錢。就算吃了藥，也沒有把握。想到這裡，我看看桌上的贊安諾，和馬克杯裡半滿的水，想不起來剛剛吃了還是沒有。我選擇「沒有」，我總是選擇沒有，後遺症是，我有時候要比預定時間早幾天，就出門去醫院拿藥。

壞消息，大家都聽到了，我男朋友後來也聽到了，彭先生、彭叔叔、彭你媽媽的好像不甘心一起平分修理費。

"He will pay for this." Doctor Who說。

說話者是我新追的英國電視劇裡的男主角，他以演出第十任神奇博士（Doctor Who）紅翻天，但我總是不記得他在這劇集裡的名字。某某警探。這部英劇後來翻拍成美劇，不僅對話、分鏡都跟英國版本如出一轍，男主角都是同一個人演出。

我想像他一個人操著英國腔，反覆訊問那些滿肚子祕密的美國人。八集每集五十分鐘的長度裡，他調查唯一一宗命案：一個小孩被殺了。在一個異常寧靜祥和的英國或美國小鎮。

如果說死去的孩子保持沉默，那失蹤的孩子呢？

失蹤的孩子會發出最大的聲音：來找我。

但在那段孩子常常消失不見的日子裡呢？

我不記得雜貨店門口有擠滿大批記者、警察的畫面。像電影演的那樣，到處張貼尋人啟事，出動整個社區的人。我不記得。現在很多人張貼布告——尋貓或尋筆電的——貼在網路上讓最多人看到。但當時沒有臉書，有的只是鄰居間的口耳相傳，傳不出這條巷子。

7

「不然我明天下班再幫你上樓跟他們講。」

「沒關係。」

沒關係是我的口頭禪，意思是不用了，有時候是我不想的意思。不想吃東西，不想出去走走，不想做愛。但有些人會把這個回答誤解成我想或我不在意、都可以。我只是不知道怎麼明確拒絕別人。天秤座的我。

我男朋友一點都不相信星座，但他可不會誤會我的沒關係，單憑這點就該給他一個稱號。不能一直叫他「我男朋友」。

我叫他「寶寶」，第二個字通常發二聲而不是輕聲。那時候中國網友還沒有發明出「寶寶心裡苦，但寶寶不說」這個句子和一系列寶寶的照樣造句。在我幾乎不出門的情況下，我們的相處，都是獨處。就這樣他的名字和其他諸多綽號都被留在外面了。

「其實我覺得你跟彭……」

「我也不知道他叫什麼，我都叫他彭叔叔。」我爸教我叫的。

「喔。你跟彭叔叔講得蠻好的啊。」

我回想著和他下樓又上到三樓的畫面。

「我覺得很順暢。」他補充。

「那是演給你看的時候。」

短暫沉默。

「你有想過之後你還會演戲嗎？」

「沒有。」

長沉默。

8

電鈴響了。不是一樓大門的電鈴聲，而是二樓我們家專用的門鈴。通常會按這個門鈴的只有兩種人，一是收清潔費的人——他們擁有我們公寓大門，不，整條巷子所有公寓大門的鑰匙——一是這棟公寓的鄰居。不論是哪個，對我來說都有點麻煩，因為我沒辦法用對講機問是誰，也沒辦法隔著兩扇門問。

是後者。

我打開木門，透用鐵門的菱形拼接裝飾框，看到一個矮小、頭髮染燙得比實際年齡年輕的太太。我爸叫她汪培珍。很奇怪，整棟樓所有鄰居都是某某先生某某太太某某叔叔阿姨——遇到比我小的就說嗨——只有這位「太太」，我爸提到她的時候，使用全名。不知道為什麼。

因為她跟我媽學過插花嗎？還是有別的原因我不知道。但現在的問題更簡單，我要怎麼稱呼她？不能叫她汪太太，她們都冠了夫姓。我記得她丈夫的姓比她的平凡許多。陳太太？吳太太？

「嗯……您好。」

「嘿啊，是不是要收錢啊？」

「那個——」

「一千八，這樣我們是幾戶？六戶？不對，還是四戶？」

「應該是六戶。」

「是喔，我算看看。」

她把沒拿錢的那隻手舉起來。

「一、二，這邊兩戶……」

「有四層樓，所以一邊三戶，兩邊——」我糾正她。

「六戶。好，給你三百。」

「她把手上的錢全部給我，剛好就是三百。寶寶你不覺得奇怪嗎？」

「她算得沒錯啊。」

「但她本來差點以為四戶平分一千八，這樣一戶是……四百五。」

「四百五。」

「但她就帶三百塊下樓。」

「噢。」

「噢什麼？你到底懂不懂？」

「懂啊。」

晚餐時間。傍晚，我照例從一疊名片裡抽出一張，傳上面的號碼給寶寶，他會在下班前打電話點餐，有時候要先花一點時間搞清楚電話那頭是做什麼吃的，有時候不用，對方會告訴他。比如說：吉利炒飯。那他就會點兩份炒飯。吉利炒飯就在巷口，他甚至不需要多走一步路。

我低頭吃涼掉的炒飯，生不知道什麼的氣。同時也有點慶幸。昨天晚上做完愛，他又問了一次要不要在他上班前先去樓上按電鈴，叫他們快起床還錢。我看著天花板兩隻不知道在互鬥還是親吻的蜥蜴——那是某人送我的禮物，關上燈會發螢光——吐出兩個字：不用。做愛讓我有自信。

不論是口交還是被口交，都讓我覺得重新掌握一切。現在高潮消退，但信心還在，像在舞臺上講過幾句臺詞之後，自在了起來。

我還能演戲嗎？或許可以。

但等到我聽見寶寶睡著的呼吸聲，才發現我一點睡意都沒有，滿腦子都是要上樓、說話這件事。

自信心身邊已經沒有了，要到很遠的地方借。小時候。

9

「噓。」

我們走到二樓，兩個人都把食指放在嘴巴上，提醒對方要更小聲。然後我把手搭在他的肩膀上，墊起腳尖，他伸出左手想護住我，我把他的手拍掉。

「噓……」

快到三樓了，就差三階。突然，我聽到一陣咕嚕嚕的聲音，像有人用口水在嘴巴裡漱口，接著是低沉的鼻息。我們一動不動，緊抓彼此的手臂。

隨著小黃又渾厚又嘶啞的吼叫聲和撞門聲，我們兩個又跳又跑衝下樓，一樓大門沒關，就是為了這個時刻，後面那個反手把門用力甩上，像跟那隻瘋狗嗆了好大一聲。我們站在門外，安全地帶。

對，有時候他在後面有時候我在後面，我們這樣玩了好幾次，從來沒有上到三樓過，但甩門甩出心得，越甩越響亮。那些星期三的午後，易先生易太太都不在家也沒有帶小黃去爬山。

後來我們琢磨出一件事：小黃不是聽到我們，牠是聞到了我們。

「尤其是你。」我說。

我們做了一個小實驗，他把草綠色的T恤脫下，我撿了一根長長的樹枝。他把衣服交給我，我們這個下午已經上下樓跑了三四趟，衣服都是汗水，這正合我意。

我用項鍊一樣掛在胸前的鑰匙——「鑰匙兒童」這個稱呼的由來——打開大門，這次他隨手關門，動作也沒有特別輕，我瞪了他一眼，但沒有狗叫聲，很安靜，我們站在陰暗的樓梯間。陽光照不進來。

我走在前面，手裡拿著樹枝，樹枝上掛著他的髒衣服。走到二三樓交接處，我們還是習慣性放慢腳步，躡手躡腳前進。一二三四，差五階就登上三樓了，我停下來，他的頭碰到我的背，我全身用力撐住，然後伸長手臂，直到樹枝上的T恤碰到三樓的地板。

10

「所以你才剛睡著，這位汪培珍就按電鈴了？」

「對，但我覺得很慶幸。」

「雖然你幾乎失眠一整個晚上。」

沉默。

「就算是這樣，我接下來還有三戶要去，還是很緊張。」

「這是一個很好的練習。」

「我知道。」

「你剛剛說的那個夢，就停在你把衣服放上三樓的地板……然後，就被吵醒了？還是有後續？」

「就醒了。」

「好。那你覺得這個夢後續會怎樣發展？」

「我不用覺得。」

「喔？」

「我知道。」

沉默和音樂聲。

「你在聽音樂嗎？」

「對。對不起你要我關掉嗎？」

「沒關係，你在聽什麼？」

「梁詠琪的《膽小鬼》。」

沉默。

「這首歌不是膽小鬼。」

「我是說我在聽這張專輯。」

「噢。」

沉默。

「我們討論過這件事，你常常沒辦法區分你是夢見一個真實的事件，還是你夢見一個曾經做過的夢。」

「對，就是這樣。」

「那這次呢？你剛剛說你知道。你知道這個夢的後續——」

「不，我清楚記得後來發生了什麼事。那不是夢。」

「願意告訴我嗎？」

「這幾天我想起很多小時候的事情，是不是跟我負責修理門鎖這件事有關？」

「我沒辦法告訴你答案。但這是個進展。」

「進展？」

「變化就是進展。」

沉默。

「後來我們下樓，到我家。我們一起洗澡。」

「小黃呢？牠有叫嗎？」

「我們洗澡的時候？」

「你把衣服放到三樓地板的時候。」

「噢。牠一定是叫了。雖然我想不起來我把衣服放上去，然後……」

「所以你失去了一小段記憶，就跳到你們下樓，回你家。」

「我們一起洗澡。」

沉默。

「牠一定是叫了，所以我們才會洗澡。」

「洗掉味道？」

「醫生，味道是洗不掉的。」

「我知道。」

「我們快樂的洗澡，慶祝這個小實驗成功了。我們那麼開心，說要永遠在一起。」

「因為實驗成功了？」

「因為我們一起經歷了那麼多事！」

沉默。

「小黃一定有叫，而且比平常還大聲。我確定。」

11

我真的有一位「心理醫生」。臺灣有執照的心理醫生可能不到五位，大部分都是心理諮商師。但如果真的要我找人談，或尋求幫助，我就要一位貨真價實的心理醫生。或許是美劇看多了吧。

我不僅找到一位和我的想像九成像的心理醫生，他還願意用視訊跟我談話。他看得到我，但我只聽得到他的聲音。這是我們的約定。

其實每次治療，比較像閒聊，我們談很多我睡眠的情形。幾年前，我開始有嚴重的睡眠障礙，失眠或鬼壓床或全身顫抖。接下來是表達障礙，甚至連臺詞都講不好了。離開劇場以後，我幾乎不再出門。

我們偶爾會談起我八、九歲時的「青梅竹馬」，雜貨店的孫子。我怎樣都想不起他的名字。他在一個冬天的下午失蹤了，大人說他那天本來在顧店。大人不跟我說其他相關細節，但很擔心我。不知道為什麼，我表現得很正常。

太正常了，他們覺得我在硬撐，有一天就會崩潰了。但我一直沒有崩潰。直到幾年前。這時候身邊的人都沒有聯想到那件十幾年前發生的事，我也沒有。每一個交往過的男朋友，我都會告訴他我曾有這位「青梅竹馬」，但沒有告訴他們太多細節。我自己又記得多少？

心理醫生的工作就是讓我從各種角度開口談論自己。有時候我會說得比我記得的還多。我不知道這算失而復得還是無中生有。心理醫生的工作不是去評斷我的記憶的真假，而是協助我鋪展開來。

12

寶寶：

這是十七號二樓陳先生的三百塊。他們住在我們家對面，感覺起來更像隔壁，但我發誓以前從未見過陳先生本人。他原來是將軍之子啊。還是他是將軍本人，我沒有聽清楚，大部分時間我都在接受他的質詢。

我和他素未謀面，但他一口咬定我跟他那個糟糕的房客是「一夥的」。他就是用這個詞。原來，他是房東，真正住在裡面的是我常見到的那對中年夫妻，先生總是騎一臺很破的腳踏車出門。

原來是這樣：房東和房客雙方，都不願意出清潔費。房客太太是大樓清潔員，所以他們說垃圾會自己處理，不麻煩別人。可是每兩個月一次的洗樓梯呢？每年一次的清理水塔呢？我覺得房東先生說得有點道理。雖然他看起來拒人於千里之外，卻不知道為什麼初次見面就告訴我這麼多事。

後來我才知道原來這位「房東」是原房東的妹夫，他借了一大筆錢給妻舅（是這樣叫嗎寶寶？）去中國投資，但妻舅耍賴不還錢，他來這裡吵過好多次架。他的說法是「據理力爭」。最後妻舅說，不然這樣，我這間房子要租人，每個月的租金給你收。「啊不然這樣啦，你就當他媽的房東好不好？」

將軍之子罵起髒話來架式十足，就是捲舌太多，美中不足。他為了以行動展現他和

「前房東」的不同，當場掏出三百塊，還補上一句：「如果是我那個親戚啊，你就沒那麼好討這三百塊囉，他會賴皮啊。遠親不如近鄰啊。」

我不知道為什麼最後有這句結語，但這樣一來，你應該相信這三百塊不是我自掏腰包，也不是我主動去按電鈴，是真真實實的巧合。接下來，只剩下兩戶而已（不知道彭先生會不會賴皮）。寶寶，加油。

13

我把信紙放到一邊，從信封裡倒出兩張一百塊，一個五十元和五個十元硬幣。我相信這三百塊是那位二樓陳先生的。不是因為寶寶寫了那麼多，像把一袋耳朵倒在我面前當作證明；而是這些零錢。

自從我接受心理醫生的建議，重新開始寫一些東西以後，他不知道為什麼，一有機會就也要寫，好像這是一種陪伴。從早上的小紙條開始。我吃了安眠藥，常常很晚起床，他留紙條跟我說再見，順便描寫他短暫的晨起時光。後來，他開始使用正式的信封和信紙，而且一寫就很長，一件事情接著一件事情，特別喜歡用「原來」做為連接詞。

好像他總是能夠發現真相。

我沒有告訴他，我感到被冒犯，尤其當我試著記錄我的生活，卻總是無法寫完整，時序總是錯亂，對話總是從這個人口中連到那個人嘴裡，他那種唾手可得的平鋪直敘行文，對我而言有多麼反諷。我也沒有告訴他一直用「原來」其實顯得敘述者很笨。

我沒有告訴他我的真相。

14

從三樓下來，正準備泡杯玄米茶配一顆贊安諾，把還懸在樓上的心一併放鬆下來，就接到舅舅的電話，說下個禮拜要來臺北。

「你那邊還好吧？」

「好啊。就是樓下的門鎖壞了，這幾天都在處理這件事。」

「門鎖哪裡壞了？打不開還是怎樣？」

「對講機按下去沒反應。」

「喔。哈哈，難怪你這麼積極，對講機是你的那個什麼……防火牆。」

「對啦。」

「這可以讓你多跟人接觸啊，練習說話練習笑啊。」

怎麼每個人都叫我練習？練什麼？

「有啦，有一直在笑啦。」

「啥小？」

「舅舅，我問你喔，你還記不記得姨嬤的那個孫子？」

我聽到舅舅在清喉嚨的聲音。

「那個孫子喔。記得啊。」

「我聽黃太太說，你是當時承辦的員警。」

我決定一箭穿心，讓他無法閃避。

「那個瘋婆，不要聽她黑白講。」

「三樓蔣夫人也證實了。」

其實是我剛才上樓時，向蔣夫人——因為她老公姓蔣，所以我們不叫她太太——套出來的，她以為我已經忘了。選擇性失憶之類。我同樣用黃太太殺得她措手不及。他們都以為我忘了。

「是喔。這兩個婆娘，給我出賣。」

「舅舅，你們那時候調查的結果是什麼？」

「沒結果啊，人就不見了。」

「你們是不是懷疑一個大約四十歲的女人，把他帶走了？」

「這也是她們跟你說的喔？」

我沒有回答。其實不是。

「我跟你說，真真，那都是民眾的猜測。」

開始了，我舅舅認真的時候，會講著標準帶官腔的國語。這是他的習慣，不論是認真說話還是認真說謊。

「你要知道，那陣子很多小孩子不見，大家都在傳，說有一個人蛇集團，專門抓小孩子去賣。那個手法也是大家在傳的，說有一個和藹的中年婦人，會請小孩子吃糖，一吃就昏過去，然後他們有一輛轎車專門等在那裡。搞得人心惶惶。」

人心惶惶，當然。

「因為這個中年婦女……」

「是這個說法搞得人心惶惶。你舅媽還有你媽媽，在路上看到可愛的小孩，都不敢上前去跟他們玩你知道嗎？」

「舅舅，你不相信？」

「我不相信什麼？」

「你不相信真的有這一個人蛇集團嗎？」

「幹，當然有，人蛇集團多得是我告訴你。只是這種手法，糖果什麼的，都市傳說吧。」

我覺得不是。

「聽說你們在雜貨店地上撿到一個糖果包裝紙。」

我孤注一擲。

「連這她們都知道？真小看這些大嘴巴了。那是我們警方的機密。」

「你們隱瞞這件事情？」

「真真，不要沒大沒小，我們只是不把未經證實的事情，那叫什麼？渲染。渲染只為了上電視。再說那個包裝紙上什麼也沒驗出來。」

「但那只是包裝紙，糖果真的有問題包裝紙可能也驗不出什麼啊。我從來沒有看到那裡地上隨便出現垃圾，他都會——」

他打斷我：「對，我覺得最不合理的地方就在這裡。他在顧店，顧雜貨店耶，整條巷子最出名的雜貨店，那裡什麼糖什麼餅乾沒有賣？他為什麼會想去吃別人給的一顆糖？」

我沒有回答。

「你回答我，是不是很奇怪？」

「很奇怪。」

如果我還是小孩的話，如果我是他，就不奇怪。

「好啦，你沒事吧？」

「沒事。」

「好啦，我回臺北再說。這次可能要帶鑰匙了。」

「舅舅再見。」

我掛斷電話。然後撥號，打給冠群，要他們來修理門鎖。

15

她跟我說話的時候，我正在把鑰匙一個一個穿進我撿到的鍊子上。太陽下，銀色鍊子，閃閃發光。

「好漂亮的項鍊喔。」她說。

我抬起頭，是一個高挑的阿姨，我喜歡她的洋裝，無袖的、白色的。她的兩隻手臂看起來肉肉的，很有力氣的樣子。

「我幫你掛到脖子上，好不好？」

「好。」

她把右手提著的手提袋掛到左手手臂上，優雅地轉到我身後，俯身拿走我剛剛自製好的鑰匙項鍊，我聞到她鼻子呼出的氣息，和手提袋一樣，都有一股皮革味，我猜她也喜歡自己動手做東西。

「你一個人在家啊？」

我不在家，我在巷子裡，但我懂阿姨的意思。
「對。」
「好了。真漂亮，都是你自己做的嗎？」
「對。」
我說了第一個謊。
「好棒。阿姨請你吃糖。」
她回到我面前，從手提袋裡拿出一顆糖果。包裝紙很漂亮，所以我拿著它，有點捨不得打開。
「吃啊，不要跟阿姨客氣。」
我小心翼翼地打開，希望不要弄破糖果紙，裡面的糖看起來沒有糖果紙那麼漂亮，但是半透明的，陽光照下來——
「真真！」我聽到有人喊我的名字，聲音很嘶啞。
我轉身，看到姊姊在巷子口，她旁邊站了一個男生——後來我才知道，那是一個像男生的女孩子——兩個人好像手牽著手，我沒看清楚，因為她正朝我奔跑過來。

我看著她跑到我面前，一把奪走我手中的糖，把它重新包好。用雙手拿給一動不動的阿姨。阿姨和姊姊站在一起，看起來沒那麼高了。

「謝謝阿姨，但她不能吃甜的東西。」

姊姊說完，牽我的手，轉身，沒有回家，而是走到巷子口和那個「男生」會合。然後我夾在他們中間，走到小公園又走到大公園，走到腳都瘦了。

「你不要告訴爸爸媽媽你今天看到的喔。」

在樓梯間，姊姊這樣告訴我。

16

「好了。屍體在這裡，拿給他們看。」

17

「趙，你現在可以說話嗎？」我站在三樓，手機緊貼著耳朵，手和耳朵都流汗了。在我緊張的時候，就會叫他的姓：趙。

他還在上班，但我不知道該怎麼辦。

「是小黃的叫聲。你也覺得奇怪對不對，你再聽看看。」

我把手機貼近紅色的鐵門。再貼回耳朵上。

「我跟你說，我早就該聽出來這個聲音不對，那天我跟彭叔叔上來的時候就應該聽出來了，但我那時候太緊張。我今天按了一上午的電鈴。沒人來應門但是小黃一直叫。」

「易先生去世以後，易太太不會一個人去爬山。她出去一定會帶上小黃。我沒有出門但是我有耳朵好嗎，牠上下樓的叫聲和撞鐵門的聲音那麼大，而且都是固定那幾天，禮拜一和禮拜四，禮拜天是隔週。」

「我知道易太太重聽，但是我之前聽黃太太講，他們家有一個設備，好像是一個警示燈什麼的，按電鈴它就會發光。易太太總沒有瞎掉吧？我在說什麼，什麼我在說什麼？我在說我覺得易太太死掉了。」

「我覺得易太太死掉了。」

我聽到我最後這樣說。

我不知道怎麼結束通話的，我打電話是希望他幫我報警，希望他比我有說服力，能說服警察來這裡看看。但我有說服他嗎？我不記得了。

我坐在三樓樓梯間，靠著易太太家的大門，聽小黃的叫聲，但叫聲並不持續，中間的沉默聽起來更像是飢餓或悲傷。是另一種聲音。我想到那個工人用「屍體」指稱他拆下來的門鎖。

把屍體拿給他們看。它現在就在我腳邊，放在塑膠袋裡。我把它帶上來，是讓它替我發聲，要易太太不要賴皮。給我三百塊，我就下樓。但現在易太太的沉默，卻發出極大的聲音把我留在這裡。

像那些失蹤的孩子。像他說著：來找我。

但我那時候還小。

聽蔣夫人說，姨嬤幾年前去警察局，申請死亡證明。對她來說，她孫子的聲音消失了。或她要聲音消失。

但我現在還是聽得到他的聲音，和這扇門後面的沉默一樣清楚。

易先生易太太

我認識他們的時候，他們就是老人了。現在想起來，或許沒有那麼老，只是我還太小。他們當時，可能比現在我的父母還年輕些。對於自己的父母，有另一種觀看的視角，好像他們永遠壯年，照顧老又照顧小。直到我長期住在別的地方，久久回家一次，某一天突然發現父親母親也是別人眼中的老人了，也長白髮，聽說捷運上有人讓座，我才不情願地承認這種推移作用：除了身高體重不再變動，我的長大本身總是讓他們更接近終點。我現在回家，用大人的眼光看著還在照顧我們，照顧爺爺奶奶的年老父母。這種哀傷無解，也不需要過多的話語面對。

回到易先生和易太太，我想他們一直是我的鄰居，從我有記憶起，他們就是三樓的易先生和三樓易太太。我住二樓，但我始終不知道他們住在三樓的哪一邊，是這棟還是那棟，好像不重要，沒想過要確認。不管如何，兩棟公寓共有一個樓梯間，我就是在樓梯間認識他們，進而有所交往、甚至交惡，諸多情緒，二十幾年來在內心演出或顯露於外。我確信，我和許多住公寓鄰居養了狗的孩子有同一個古老的經驗。害怕，首先是害怕走樓梯。那條狗所有人叫他小黃。

他是隻大狗，至少當時看起來如此，他死去多年——像大部分的人事物一樣，我並沒有抓住他離開的那刻，而是有一天偶然想起，原來已經不在——但在我心裡一點也沒有萎縮，聲音還是那麼大，那麼嚇人。一隻黃色的土狗，據說在山上被撿回家，開始每天跟易先生一起去爬山。同一座山。連接二樓和一樓大門之間的樓梯，是漫長的恐懼地段。我只是個小學生，七點半準備上學，在門口停頓，側耳傾聽，聽的不僅是明白的狗叫聲，還有鐵門開關的聲音。聽久了，雖然不知道是這棟還是那棟，已經認得出易先生和易太太的門。既沒有開門聲也沒有小黃瘋狂咆嘯衝下樓的聲音，我才敢開門，迅速下樓，關上大門，有莫名的感動。放學的時候，往往要反向面對一次整個過程——易先生和小黃除了爬山還一起做許多事——並且更加困難，因為三樓的門離我遠了。

像所有養育惡犬的主人一樣，每當小黃在樓梯間衝向我，易先生總是一邊制止他，一邊告訴我小黃不會咬人。我不總是幸運，偶爾被迫和他倆打照面，從未好好地說易先生好。聽說易先生終於受不了這樣的小黃，或者他明白鄰居們面對這件事，受不了的是易先生，而非小黃本身。小黃只是易先生不討喜形象的延伸。這種感受是不是真實無關緊要，緊要的是易先生受不了，決定將他帶回山上——四獸山中的虎山——放生。他真的這麼做了，上山，解開繩子，一個人下山。但不久，小黃跑回公寓樓下。易先生再也沒想過一個人上下山。然後有一天，我想是在餐桌上——我不再是那個悶不吭聲、和父母無語的孩子——我主動提起了小黃，他已久久不是我需要被動地去害怕的事物。叫聲和莽撞下樓的軀體不再是日常的一部分，只有主動提起他才存在。一提起——忘了父母怎麼回答——已知他不在。

我用「他」，但我一直不清楚小黃的真實性別，我知道的只有：孩子，或者我自己，把令人害怕的生物直覺為雄性。男人。我已是男人，有些時候仍舊怕狗，怕突如其來的身影和叫聲。

七

我關上筆電，走進浴室沖澡，很久沒有將自己洗得那麼乾淨了。每個部位都塗上肥皂。我不喜歡沐浴乳，擦乾身體總還是覺得有一層油在皮膚上。擦乾身體，拉開乾濕分離浴室的門，刷牙，牙刷在牙齒和牙齦之間橫向移動，每顆牙齒刷二十下。

結束這一切後，我看著她留下的漱口杯，小心將刀拿起來，將牙刷拿起來，最後將手指拿起來。血已經流光了，變得更纖細，像手模的手指；但會有人像我一樣欣賞這種變形的手指嗎？我很懷疑，我非常懷疑時尚產業的審美觀。

「你為什麼要殺死她？」我問鏡子。別搞錯了，我是憂鬱症患者，不是人格分裂——雖然我一下子「我」，一下子「他」的敘述——我當然清楚是我殺了離子燙。但我並沒有要殺她，我只是想要劃下七刀。在肋骨、在大腿、在手臂在脖子上。我只是想要讓她理解我的悲傷，既然語言暴力已經失效。我只是想要。七是一個幸運數字。在任何文化，七都是被祝福的。她怎麼可能會死。

而她死了。

我在即將離開大公園的時候發現她，她正出神地看著那些媽媽、那些小孩。她寧可看外國人或陌生人，也不願意看我了。以前她會睜大眼睛想看清楚我射精時的表情，我會用手蓋住她雙眼，我不想要她看我，我不想要她發現我在幹她，而不是做愛。我很久不理解做愛了。

但我理解寶唯，他和王菲分開後，不斷被媒體再現那個分開。他將汽油倒在車上，點火，他被帶進警局。他說：「我理解了顧城。」顧城用一把斧頭砍死謝燁，上吊。但他真的想砍死謝燁嗎？還是他只是想用斧頭代替語言，讓謝燁理解他？一個行為藝術，謝燁還沒有機會詮釋，就死了。在我劃下七刀，將離子燙從後背位轉回正常位時，她的眼睛已經比自身古老，看不到我了。我是在小公園接近她的。而她遠離一切理解，不是她的錯。是我的信仰出錯，或許七根本不是一個好的數字。

警察找上門，要我去認屍。就只是認屍。他們難道都不追劇的嗎？丈夫或男朋友，一定是第一嫌疑犯，是最簡單的答案。但他們連這個也不理解。不是他們的錯，這就是最悲慘的傷害吧。沒有人說你是恐怖情人；但也不會有人，試圖去理解你的動機。我的動機。被當成受害者的加害者，一輩子只能自慰。我看過一篇網路文章〈冷血是怎麼造成的〉，熱血呢？

我突然想到那些看過的熱血漫畫，鏡子不合時宜地笑了。

現在我手上有一把槍，祕密給我的，她還和我打了兩炮，都沒問我要槍幹嘛。有些賣家怕惹禍上身，會問。要尋仇或搶劫或情殺——我不是情殺——他們都不在意，但如果你說，你要用來自殺，他們每一個人都會跟你說：自殺不能解決問題。這是另一篇農場文章寫的。

我剛剛也在寫，我終於寫完了。我不會像顧城寫一整本懺情錄。既然唯一需要理解犯案動機的讀者都死了，我寧可去寫一些我和真真——這是她的真名——共同經歷的事，或最好的時候，我編給她聽的故事。去寫她在醫院，手撫著我的背；去寫我把別人認成她，想像我們的未來；去寫柯恩死亡的那天……

我忘記去寫，柯恩死了之後，好一陣子我都不放他的音樂。有一天，我一個人在房間，覺得可以了，將唱片放進唱盤，柯恩唱沒兩句，真真從廚房跑過來，關上房門。在門外哭著跟我說，她還沒準備好聽柯恩唱歌。

我還忘記寫了許多，但沒有關係，我寫了一篇，在虛構陽光下，真真朝我走過來的身影。我從虛構陽光製造出的虛構影子裡，都能認出她絕對真實的左手食指，被影子修正，錯誤的修正。

好了，我說完了。鏡子也說完了。我舉起手槍，開大嘴巴，在將手槍塞進嘴裡之前，鏡子裡的我，無聲吟唱。

金色的我們 3

1 想念

我在房間裡踱步，思考著：整天想念著一個人似乎是不大健康的。就像每晚喝少許的紅酒有助睡眠，一旦喝過頭，那會變成一場無法入睡的惡夢。想念不能沒完沒了地持續下去。我對鏡子裡的那個人說，他深表認同，放下酒杯朝我走近，仔細觀察我的臉。拿起一把刮鬍刀。

接著，我們走出了房門。

2 金色的我們

我不知道要上哪去，反正哪都沒差。任由鏡子裡的那人帶我晃過一個又一個街道，反正只要不再想念都好。

他最後帶我到一家醫院。醫院牆壁上掛滿了蒙德里安的畫作，每幅畫表現出的靜止感包圍整個空間，所有線條和色調都很理性，彷彿沒有流動的可能，好像死亡。醫院圓頂式天花板的窗口灑下大量的陽光，不抬頭也沐浴其中。

金色的我們走到櫃檯邊，鏡子裡的人很大聲地和櫃檯小姐說話。這裡很安靜不曾流動，他那麼大聲讓我什麼也聽不見。不過我猜他在掛號。我猜對了。

他告訴我這裡的醫生能幫助我，讓我不再為想念所苦。我告訴他我有點緊張，想去洗把臉。

3 此篇中「忘情診所」部分內容，其靈感取自電影《無暇心靈的永恆陽光燦爛》（*Eternal Sunshine of the Spotless Mind*）。

洗完臉我看著鏡子裡的他，問他到底掛的是什麼科？他微笑不答。我又問何時輪到我們？

他卻說想念真真的人是我不是他，他只帶我到這兒。說完就朝著前方大步走去，直到消失在鏡子的那頭。

3 記憶

我只好拿著號碼牌前去應診。醫生看到我熱情地問我怎麼啦。我告訴他我和女朋友分手了，而現在我想徹底地把她忘了。和藹的醫生跟我保證沒問題。他們這個部門專門幫人解決記憶。但首先必須提供他們足夠的資料。凡是一切與想刪除之人有所關聯的人事物，都必須一應俱全，以方便他們建構出此人完整的形象。

他要我回家收拾有關她的一切。所有東西。

我們要用這些東西，在你腦海裡建立一個她的圖像。醫生是這麼告訴我的。我們需要照片、衣服、禮物、她買給你的書、你們一起聽的音樂⋯⋯。醫生還這麼提醒我。

把她從你的家，從你的生活刪除。醫生再次提出保證。

圖像做好後，我們的技術員今晚會去你家清除記憶。第二天早上起來，你就是一個人了。醫生試圖告訴我美好的明天就在未來。

我告訴醫生這很容易也很難。他有點搞不清楚狀況。

接著，我走出了病房。

4 回家

忘了回家的路。我想到剛剛一路走來，是別人帶路。沒有記路的習慣，習慣跟著別人的背影。還不習慣認路。

我於是走到櫃檯小姐的面前，向她問路。她沒聽清楚，我又更大聲地問了一次。她彷彿聽進去了。更大聲地回答我，還配合著許多手勢彷彿感性的指揮家。

由於醫院很安靜，我聽得很清楚。但她的手勢揮舞著不斷攪亂陽光，畫出幾何圖形，因此我看著她的臉始終是破碎的。但這並不礙事。我猜她不是美女。

總之，我盡量學著回家吧。

5 家

一進家門我就開始打包一切。其實我有點懶，有點不確定，不確定什麼物品裡面有我和她的回憶。懶得確定。也是無法確定。

但有件事是確定的：那是她送我的音樂盒。音樂盒上有六架小飛機，音樂響起時它們就會被喚醒，環繞著小小的世界，沒有盡頭。我把它小心地包起來。

就帶走音樂盒吧，既然其他東西無法確定我的記憶，那不如就留下吧，沒有足夠記憶而交給醫生是不好的。我想。

臨走前我想起了一件事，於是走到鏡子前端詳了好一陣子，然後把它扛在肩上。她老愛照鏡子。

打開房門，我想起昆德拉的一句話：家，是所愛之人的存在。那麼這裡從今往後就不再是家了。我有點感傷，有那麼一點點感傷。

但我還得生活，這是最重要的事。

6 人群

回到醫院，在走廊上我遇見許多人。

他們很忙。有的拚命喝水，有的高舉著大大的水桶，裝滿水往頭上淋。那些搶不到水的，就在空中舞動雙臂，努力地游著自由式。

好像要游出蒙德里安的畫布。他們感到焦慮，認為都是太陽害的。

我注意到窗臺上的花都枯萎了。因為沒人記得照顧，因為缺水，因為大量的陽光加速蒸發。

我走入人群，走進病房的大門。

7 Everybody's Gotta Learn Sometimes

沒等醫生開口，我就把自己攤開了，包括一個音樂盒和一面鏡。他驚訝於愛情關係的稀少。我則覺得他一直搞不清楚狀況。

他說既然有形的物品這麼少，就必須用另一種方法強化她在我腦海中的圖像。我任他說。

醫生要我回憶起交往時令我印象最深刻的幾件事情，並且他會用特殊器材分析我的腦部波動。

我告訴他這很簡單，我有寫日記的習慣，並且隨身帶著。但不是什麼都記，也並不每天都寫。只有特別的事才值得帶在身邊，不是嗎？

我本來還想寫本小說的。我補充一句。

那就開始吧！他比我還急像趕赴約會似的。他希望我可以從交往的第一天談起。我翻了翻日記本，告訴他我做不到。

我沒有把那天記下來。

我們可以從我有的日子著手起。我安慰醫生。但他看起來還是一副失魂落魄的樣子。

我想用我喜歡的一首歌鼓勵醫生。於是我拿起音樂盒，把它的齒輪轉緊，Beck 就開始唱起了 Everybody's Gotta Learn Sometimes。

那就開始吧。我說。

九月二十七日[4]

舞臺上沒有燈光，漆黑得像一塊布幕。只聽得到一些撞擊聲，忽大忽小。好像有人碰到了什麼。然後安靜了。

突然中央的舞臺燈從高空射穿了這塊無形的黑幕，接著是右邊的，接著是左邊的，一個接著一個都亮起。黑幕漸漸被撕碎，然後是白天。

舞臺上擺著好幾把椅子，分散在四周。有個穿著白色睡衣的女人從舞臺右側走出。她緊閉眼睛，好像一個夢遊者，在右側舞臺轉圈，不停轉啊轉。

這時左側舞臺也出現了一個穿白色睡衣的女人，她也像夢遊般閉著眼睛，開始在左側舞臺轉起圈來。不停轉啊轉。

她們轉圈的速度忽快忽慢，有時幾乎不動，有時又動了起來。有時用雙手撫摸自己，動作非常柔軟，把身體當成情人一樣溫柔的碰觸。

我注意到她們的動作是互相模仿的，但因為兩人不停的轉圈循環，使我漸漸搞不清楚是誰在模仿誰。有些暈眩。

突然，右側舞臺的女人停止轉圈，踮起腳尖，努力把自己拉長，手腳直挺挺地非常僵硬，好像體內有很多痛苦就快裝不下。

左側舞臺的女人似乎也感受到這種情緒，也踮起了腳尖高高仰著頭。

把自己伸展到極限後，女人就開始奔跑。先是右側舞臺的女人朝左邊跑去，到舞臺中央時左側的女人也向右邊跑去。她們有好幾次都快撞到擺放在舞臺四周的那些椅子，令人擔心。

終於，原本在右側的女人跑到了舞臺另一端，她的鼻子碰到了牆壁，然後轉過身來背靠牆壁，輕聲喘氣。我的眼睛跟著那女人跑，以致於丟失了另一個女人，等到又想

4 此段描述，以阿莫多瓦電影《悄悄告訴她》之舞臺畫面為藍本。

起她時，她已在視線的另一端喘氣。

她們好像又要走了起來。這時，舞臺右側走出一個穿著西裝的中年男子。他滿臉憂愁，焦慮地看著兩個夢遊者。此時兩個女人又夢遊起來。

兩個女人的腳步越來越凌亂，像是喝醉的夢遊者。眼看就要撞上那些椅子。焦慮的中年男子趕緊把椅子移開，但沒時間把椅子搬得太遠，因為另一個女人又要撞上其他的椅子了。眼看他不能兼顧兩人，中年男子更顯焦急，憂愁得像是活了一百年。但他並沒有停下。繼續守護著兩人的睡眠旅行。

這時，我聽到一陣細微的哭聲，轉過頭去，看真真激動地哭了。我才注意到觀眾席上隱隱約約的哭聲。大家好像都哭了。

我沒有哭，只好用手捂住臉孔，低著頭。但眼睛沒有離開舞臺。

突然，悲劇發生了。兩個女人直挺挺的朝對方跑去，眼看就要撞在一塊。中年男子著急得不知如何是好，頭不停地左右擺動。他可不能像移開椅子一樣把任何一人搬走。

中年男子還在遲疑。

女人雙雙倒下，真正地睡著了。

中年男子頹然落在一張椅子上，兩眼茫然。不停喘氣。

燈光漸暗，臺上臺下一片寂靜。突然剛剛的那些哭泣聲紛紛化成了掌聲，掌聲越來越大，直到化成一個個起立鼓掌的人形。

我坐著沒動，有種錯覺，一直以來哭泣的人只有我而已。

現在我正在桌上寫日記，回頭看看已經熟睡的她。越來越相信我的錯覺。

——二月十三日——

晚飯後我躺在床上看書。

她洗完澡出來一臉高興，輕快地在房間裡轉悠，有時說一些我聽不太懂的話，像臺詞，然後站到全身鏡前丈量自己，觀察自己臉部的各種變化。我不知道她原來也是一位優秀的演員。

我繼續看我的《沉思錄》。

裡面有段話讓我伸出手指按在書上跟著字走：但當我更深地去思考這一問題，並在找到一切引起我們苦惱的原因之後，我更想追根究底。我發現一條有充分根據的理由，那就是我們的人生是虛弱的，難免一死的，這種苦惱是自然的，我們是那麼可憐。因此，當我們想到這一點的時候，沒有任何東西能夠安慰我們。

她跳到床上，她要跟我做愛。

我其實不那麼想。我突然覺得做愛比死亡還神祕還黑暗。祕密還可能被人發現；做愛卻把兩個人隱藏起來消失不見。

但為了舒服，我脫下褲子。

——六月二十六日——

她嚷嚷著想去旅行，想住古色古香的旅館。旅館裡要有游泳池，要有陽光，還要有幾朵小花。對了，最好還有月桂樹！她補充道。

於是我們就飛去一個遙遠的地方。

她在飛機上吃了好幾餐廚師沙拉。我沒點餐，我總覺得飛機上的氣流聲和引擎聲讓所有人溝通不良，包括聲音甜美的空中小姐。我一直睡覺。

下飛機後我們直奔旅館。那正是她的目的地。在這之前我已經調查過，這是一間由歐式城堡改建的旅館，並且配有一個很大的公共泳池。這正是她所需要的。當然，或許沒有月桂樹，但至少有椰子樹吧。

一進旅館大門她就興奮的東張西望，還跑去看大廳牆壁上掛著的畫框，我則在後頭忙著提行李。她四處繞繞又跑回我身邊，興奮地跟我說她看到了約翰藍儂和他的妻子小野洋子。我任她拖著我跑。

在櫃檯附近牆上有好幾張裱框的照片，都是一些名人或藝術家的留影，其中一張一男一女正面全裸的合照特別顯眼，一看果然是約翰藍儂和小野洋子這對夫妻。我記得沒錯的話這張照片應該是來自六〇年代約翰藍儂唱片的封面，封面上兩人毫不忸怩地暴露自己的性器，他們的胸部他們的下體好像也毫不害羞地想吸引別人的目光，想和陌生人打招呼。

打完招呼我獨自走到櫃檯，跟櫃檯小姐說我有訂房間。她卻指給我看櫃檯旁一株造型特別的小樹，茂密的樹枝上掛滿了紙條。她強調這可不是一般的許願樹，而是模仿小野洋子的作品「許願樹」。她告訴我旅館的老闆是小野洋子迷。老闆說小野洋子是我們這個時代最偉大的藝術家！櫃檯小姐大概注意到我們剛剛在看那張令人害羞的照片。

我們老闆還說小野洋子就是後現代後現代就是小野洋子。但我們有訂房間，我又說了一次。她叫我別急，先許個願再說嘛。

我回過頭，看到真真正把寫好的紙條掛在樹上，小心地用絲線打個死結，深怕它斷掉似的。我不知道要許什麼願望，但還是拿了張紙條，寫下希望約翰藍儂復活希望小野洋子活到一百歲。

我們有訂房間。我微笑地跟櫃檯小姐說。

辦完手續來了個年輕的服務生幫我們搬行李，由於我們住的是頂樓套房，所以正要去找電梯。服務生卻建議我們搭大廳中央的手扶梯。他說手扶梯像傑克的豌豆樹一樣貫穿城堡，直達頂樓的過程還可以順便參觀整個旅館。

銀白色的手扶梯散發一股冷冷的氣息。在這棟城堡內快速的生長。我覺得不應該是豌豆樹，而是巴別塔。

上升的過程我發現旅館內的房間都有一前一後兩扇落地窗，我的視線穿過落地窗甚至可以看到套房內部。這些玻璃大概是讓房客可以瞭望城堡內外吧。但現在卻成了我最方便的偷窺視野。

有些房間拉上窗簾，有些則不。我觀察著那些沒有拉上窗簾的房間，想看看有沒有什麼精采的畫面可瞧，但只穿過乾淨的玻璃看到城堡外的大太陽。這時真真湊上來拉著我的手，想吻我。但被我輕輕的推開，我還想繼續窺視。

一進房間還沒坐下，真真就說要去游泳。她很快地在我面前把衣服脫光，換上泳衣，興奮地跑出房門。我跟在她身後走。

游泳池在城堡旁，比我想像中還大，四周用巨大的玻璃圍起來，因此雖然是室內泳池，但還是照得到外頭的陽光。儘管裡面一個人也沒有。

她興奮得一下子就往水裡跳，姿勢很優雅。我則找個海灘椅躺下來曬太陽，一邊欣賞她的自由式。她游得很快，像後面有追兵似的。

突然間，我又看到了小野洋子的裸體。但這次她沒這麼和善，她脫光衣服不是為了打招呼，而是一種挑釁。好像告訴我她只要派出自己的一張複製照片，她在這個城堡的地位就遠勝過我，就得到大家更多的關注。

而現在，她更出現在我面前展露傲人的美。

她向我走來，我感到一陣焦慮，好像這身衣服快把我吃掉似的。為了不被吞噬，我手忙腳亂地把衣服全脫了。現在，我是一絲不掛了。

但約翰藍儂突然出現，在我面前和小野洋子擁吻起來。

我又覺得自己快消失不見了。我悶悶不樂地走來走去，走到了泳池邊，看著倒影，他突然跳起來把我拖下水。

我緩慢地朝真真走去，像一個舞臺演員，而那些透明玻璃後面藏著一雙雙看不見的眼睛。

我到她身後一把抱住她，像表演舞蹈似的摟著她的腰，注視著她的眼睛，跟她說我要跟她做愛。現在嗎，她問。是的，就是現在。我把她的泳衣脫了。

接著我們在水中做了起來，但我發現水很冰冷，使得我的性器官始終那麼小，根本不能插入。

但這並不讓人感到沮喪，我們就這樣扭動著屁股模擬性交。

原來，我也是一位優秀的演員。

最後，我們都達到了高潮。

——十月十九日——

今天她很生氣。

上星期我剛考到駕照，還不敢自己上路。她自告奮勇說要充當我的副駕駛兼指導老師。

一路上走得還算平穩，我開得一向不快。她總揮舞著手，指揮我何時加速，何時倒車再前進，如何抓準時機闖紅燈。

我小心翼翼地在每個路口減速慢行，轉彎時早早地閃方向燈。

她提議走另一條路回家。我沒有意見。

半途上，我們要經過一個很大的圓環。我必須繞半個圓環再由右側轉到另一條路上。於是我駛進圓環裡邊，繞內車道。

外車道的摩托車不斷呼嘯而過，轉出漂亮的弧線。我老早就打了方向燈，但沒人注意，都在自顧自地畫圓。

等到我該右轉時，發現我轉不過去。沒有人肯在圓環內減速；反而衝得比平常更快，藉此展現他們的技巧和勇氣。沒有人肯相讓。

我終於錯過那個路口了。

她有點驚訝，說我走錯路了。我告訴她我知道。我只好再繼續繞圓環，等待下一個機會。

等到我該右轉時，發現我轉不過去。沒有人肯在圓環內減速；反而衝得比平常更快，藉此展現他們的技巧和勇氣。沒有人肯相讓。

我又錯過那個路口了。

她說我又走錯路了，有點不耐煩。我說我知道。我只好再繼續繞圓環，等待下一個機會。

等到我該右轉時，發現我轉不過去。沒有人肯在圓環內減速；反而衝得比平常更快，藉此展現他們的技巧和勇氣。沒有人肯相讓。

我第三次錯過那個路口。

她好像明白是怎麼回事了。滿臉不高興的叫我趕快先駛入外車道。但我根本沒辦法做到，反而被擠得離外車道越來越遠。離回家的路越來越遠，只能重複地兜著圈。她好生氣，她罵我笨。

她要我粗魯一點。

我不喜歡圓環，圓環裡大家都那麼不溫柔。

——一月三日——

「有時候，我半夜醒來並不睜開眼睛。我緊閉雙眼，把手放在愛德蒙松的胳臂上。我要她安慰我，她用溫柔的聲音問我，安慰什麼。安慰我，我說。安慰什麼，她問。安慰我，我又說（安慰，而不是讓我舒服）。」

這是圖森的《浴室》裡的一段文字。我很喜歡。

她已經睡熟了。我在她身邊醒來，想模仿圖森。我翻過身用一隻手臂摟著她柔軟的身體，鼻尖輕輕地在她的臉頰上摩擦，叫喚她的名字。

但我搞錯了，把她叫成愛德蒙松。

但其實沒有差別，愛德蒙松根本沒有醒來。繼續像一個嬰兒般輕柔地吐氣。

9 家

沒有任何東西能夠安慰我。沒有任何東西能夠安慰我。

想到這點，我就醒了。陽光照進房間，讓我感到一陣暈眩。我記不得什麼時候回到家什麼時候睡著的。但我的確換上了睡衣睡褲。

我扶著床沿試圖站起來，但頭很痛。我努力地讓自己保持平衡，並且用拳頭按摩頭部。這時我發現床頭擺著我的日記本。我順手拿起它翻了翻，發現有幾頁被撕掉了，不記得什麼時候做過。

但這並不礙事，既然被我撕去，就代表不重要吧。

當我把日記本闔上時，掉出了一張紙條。我撿起一看，發現是一張轉診通知書。上頭有主治醫生的建議。

醫生建議我轉去另一個部門，他們無法解決我的問題。

關於存在的問題？這是什麼鬼部門？況且我也不認識這位醫生。

我搞不清楚狀況。

翻到背面一看，我不禁笑了出來。

上頭只潦草的寫一行字：希望約翰藍儂復活希望小野洋子活到一百歲。

這是什麼蠢願望？我又笑了。

10　金色的我們

我覺得很餓，想下樓買早餐。於是換上牛仔褲和襯衫。刮鬍子時發現書桌旁的全身鏡不見了，卻擺著她送我的音樂盒。我拿起音樂盒把齒輪轉一圈，讓它唱歌：

Change your heart
Look around you
Change your heart
It will astound you

I need your lovin'
Like the sunshine

Everybody's gotta learn sometime

Everybody's gotta learn sometime

Everybody's gotta learn sometime

……

下樓後，發現陽光異常刺眼，有點後悔沒戴太陽眼鏡。這時，有個熟悉的身影在巷子口那端漸漸浮現。

那個人朝我走來，全身籠罩著陽光。越走越近，身影也越來越大，越來越清晰……。我這才認出她的確是真真沒錯。她的影子都快吻到我的影子了。

最後，她終於來到我身邊。

我們站在一塊。她在陽光裡，我也在陽光裡。

這是我們分開的第十三個早晨。

後記

前往透明更透明的路上

盼盼：

盼，在離開地球前，我想跟你說一個故事。偶有離題，你知道，是因為我捨不得你而不是地球。很多資訊和理解可能有誤和缺漏，原諒我，我已逐漸透明。

很久以前，臺北還是盆地[5]的時候，有一個名叫王天寬的男人，住在所謂的「公寓」裡。這種公寓理論上有四層樓，但通常多了一層，叫做頂樓加蓋，當時人們簡稱這多出的一層為「頂加」。頂加有多重功用，其一是讓頂樓住戶——也就是住在四樓的人——

5 一種被當時還存在的「山」環繞的地形。

不至於直接承受太陽照射，但在「後經濟起飛」[6]年代，許多頂加被租給年輕人、社會邊緣人，形成一種不以地點為範圍，而是以「高度」定義的貧民區社群。

考據顯示，頂加實際並不合法，許多文獻紀載，一旦違法建造頂加的住戶遇到拆除危機，會去尋求當地的「議員」幫忙。一個專有名詞「關說」，是議員最主要的日常工作之一。

王天寬很幸運，住在公寓二樓，且公寓的方位「坐北朝南」。那時候，太陽還未變成全然的威脅，人類還敢接觸大自然。但世界已越來越熱並越來越冷。坐北朝南意味著冬暖夏涼。一年夏天，他的朋友來他家避暑。

他的朋友養了一隻名為娜娜的貓，前一年夏天，熱死在某處頂加。這變成一個禁忌[7]的話題。隔天早上他們在「陽臺」抽菸，像往常一樣，沒說到娜娜，也沒有別的話語。直到他們同時看到一枚五十元硬幣[8]在陽臺下方鐵皮屋頂上。樓下是一間家庭理髮，理髮師同時也是「里長」[9]。一枚硬幣出現在地上並不稀奇，古代著名才女歐陽妮妮便寫過一篇經典「破文」[10]，訴說外套口袋發現兩百元鈔票的幸運。但一枚五十元硬幣如何出現在鐵皮屋頂上，不是幸運就可以解釋得了的事。陽光下，遍布四處的菸蒂之間，一枚閃亮的硬幣。

那枚硬幣，像是一個小小的獎賞，也像一個陷阱。當晚，「颱風」[11]過境，王天寬心想，要在風雨肆虐之前，爬下去撿那枚無主硬幣。儘管當時人們習慣在大自然活動，那仍舊是一個危險行為。

隔天，朋友已走、颱風轉向，是一個無風無雨的「颱風假」[12]，王天寬平白地獲得

---

6 在那個時期，經濟實際上是高速墜落的。

7 指某些不被允許提及的事物。遠古（二十世紀）最著名的例子之一是「同性戀」。

8 五十元硬幣是當時被稱為「新臺幣」的古代貨幣中最像金幣的。

9 「里」和「理」這兩個象形文字同源是否能解釋理髮師擔任里長這個職務的原因，至今尚有爭議。

10 二十一世紀初，當人們在「社群網站」寫下一些文字時，會說：我破文了。

11 地震和颱風是當時臺灣地區的兩大天災。

12 一種特殊節日，颱風來時，可能會放假可能不會放假，放假與否往往影響該區首長的支持度。但放假與民意的關係，歷史學家仍未找出一個模型。

一個假日和一枚硬幣，「這是單身後最富足的一天」，我在整理祖父的遺物時，偶然找到一疊Ａ４紙[13]，才知道我有個詩人祖先，曾寫下一首〈富足的一天〉。

翻到背面，卻記錄了後續的神祕事件和最終的結局。

我終於明白我們家族遺傳的拜定症的由來。

我看著那份紀錄，標明了日期和硬幣出現的日子。有時連續好幾天，有時相隔一兩天、至多三天，鐵皮屋頂上便會出現一枚五十元硬幣。王天寬，我的祖先，一個貧窮的詩人，就下去撿。始終不明白硬幣如何神奇地出現。他偶爾會寫下一些揣測，但告訴你你一定會笑我的祖先抿染。

聲音是另一個謎。他寫下「不曾有過聲音」。鐵和銅這兩個在地球上幾乎絕跡的材質，碰撞之下，會產生響亮的聲音，還記得我們一起看的科普影片嗎？但王天寬從來沒有聽過硬幣掉到鐵皮上的聲音。有一天，他整日坐在門邊，想要抓住那聲響。隔日清晨，他幾乎睡著，走到陽臺，一枚五十元硬幣靜靜躺在鐵皮上。

好像有一隻很長很長的手，從天空伸下來，將一枚硬幣悄悄放置。

是神嗎？他問。我去查神這個生字，一名叫做約翰．藍儂的「搖滾歌手」[14]似乎解釋得最清楚：「神是我們用來測量痛苦的概念。」我又去查了痛苦是什麼，發現它幾乎可以用來指涉所有情境。不管了。我現在只剩左腳能生字。

然後，變化產生了。有一天，硬幣縮水了。王天寬在那天日期下方，畫了示意圖。五十元變成十元，顏色從黃色變成灰色[15]。但他依然下去撿，並寫下：「仍舊是錢。」一盼，你始終是我們之間聰明的那個，你一定已經猜到接下來發生什麼事了吧？十元變成一塊錢。但你猜到嗎？他還是下去撿了。

歷史學家告訴我們，實體貨幣的歷史從二十世紀後半葉以後，等同於「通貨膨

13 現在一張「樹木」做的實體紙張，可以買幾個巨型特薄蛋呢？

14 好像是古代的噪音製造者，另一說是傳福音的人，我不確定何者為真。

15 他似乎使用了粉筆，顏色並不精準。

脹」[16]歷史，所以人類才要消滅貨幣交易。一塊錢在二十一世紀初，已經買不到任何東西。但他還是下去撿了。

然後，日期和硬幣面值的紀錄沒有了，取而代之的是一段極淡極細小的「文字」。

盼，我盡力臨摹給你看。

「已經是第七天了，鐵皮上沒有硬幣。五十元、十元、一塊錢都沒有。前六天我每天都走到陽臺檢查，一天檢查好幾次。即使獎賞越來越少、陷阱越來越小而精密，我也充滿期待。今天，第七天，除了多出幾根我丟的和樓上鄰居丟的菸蒂，鐵皮上仍舊沒有銅板。然後，我爬下去，站在鐵皮屋頂上，仰望天空。」

盼，我現在知道我腦內不斷出現嘎嘎作響的聲音是什麼了，那是我祖先日復一日踏上鐵皮屋頂的聲音——他終於聽到自己的腳步聲了嗎？——我在古老的理髮廳，理平頭。我已離開地球。

16 你還記得那幅畫嗎？人們購物和重量訓練，同時進行。

新人間叢書306

告別等於死去一點點

作　者—王天寬
執行主編—羅珊珊
校　對—羅珊珊、王天寬
美術設計—吳佳璘
行銷企劃—王小樨
總編輯—胡金倫
董事長—趙政岷
出版者—時報文化出版企業股份有限公司
108019臺北市和平西路三段二四〇號四樓
發行專線—（〇二）二三〇六六八四二
讀者服務專線—〇八〇〇二三一七〇五　（〇二）二三〇四七一〇三
讀者服務傳真—（〇二）二三〇四六八五八
郵撥—一九三四四七二四時報文化出版公司
信箱—10899臺北華江橋郵局第九九信箱
時報悅讀網—http://www.readingtimes.com.tw
思潮線臉書—https://www.facebook.com/trendage/
時報出版愛讀者—http://www.facebook.com/readingtimes.fans
法律顧問—理律法律事務所　陳長文律師、李念祖律師
印　刷—勁達印刷有限公司
初版一刷—二〇二〇年七月三十一日
定　價—新臺幣三三〇元
（缺頁或破損的書，請寄回更換）

時報文化出版公司成立於一九七五年，
並於一九九九年股票上櫃公開發行，於二〇〇八年脫離中時集團非屬旺中，
以「尊重智慧與創意的文化事業」為信念。

ISBN 978-957-13-8291-3
Printed in Taiwan

告別等於死去一點點 / 王天寬著. -- 初版. -- 臺北市 : 時報文化，2020.07
240面；14.8×21公分. --

ISBN 978-957-13-8291-3（平裝）

863.55 109009786